自分の事を主人公だと信じてやまない踏み台が、主人公を踏み台だと勘違いして、優勝して……話です

著：流石ユユシタ
イラスト：卵の黄身

TOブックス

第一章　仮入団編

イラスト：卵の黄身　デザイン：Veia

第一章

仮入団編

第一話　俺が主人公!!

俺は主人公に憧れている少年である。幼い頃から、週刊の少年漫画本とか、アニメとか、ラノベとか、物語に出てくる絶対的に中心的な存在である主人公に。本などに出てくる主人公に勇気を貰い、夢を貰い、情熱、努力の大切さ、色んな物を教わった。本を読んで俺はいつしかそんなカッコいい主人公になりたいと思っていた、俺もあんな風になりたいと。

幼い時からそう思って行動してきた。厨二過ぎて、周りから引かれることは多数。修学旅行では女子が俺の隣に座る罰ゲームとか言って遊ぶこともしばしば……。まぁ、仕方ないとあきらめていた。だが、心の中ではどうしようもなく焦がれていたのだ。

ハーレムとか、ファンタジーとか。そういったものに。あぁ、そんな風な世界に転生したい。

そういつも、俺は思っていた。だが、結局そんな存在になれることなどなく、平凡な学校生活を謳歌していた。でも不思議な体験など起こるはずはなく、不思議な経験が出来るはずもなく、ただ、平凡な毎日を送るだけ。仕方ないと思いつつ受け入れていた。心の奥底では主人公になりたいと思いながら、普通の不変で何気ない毎日を……。

そんな時だ。高校一年生の朝の登校。繰り返すような毎日の朝に飽き飽きしながら歩いていると、眼の前に、赤信号を無視して横断歩道に入る小学生が居るのを発見した。黄色の帽子、真新しいランドセル。見たところ小学校の低学年の少年であった。そこへトラックが一台、その小学生に向かっていく。その小学生はそれに気づくことはなく、ただ笑いながら走っている。

——咄嗟にヤバいと思った。

そう思った時には小学生を庇って、代わりにトラックに轢かれ、俺は死んでしまっていた。どうしてそんな行動を咄嗟にしてしまったのか、下手すれば死んでしまうから見過ごそうとか考えている余裕もなかった。結局どうしてその行動をしたのかよく覚えていない。もしかしたら、主人公っぽいことをやりたいという厨二心かもしれない。

鈍い音がして、これで人生が終わりだと感じた。だが、それで終わりではなかった。死んだと思って眼を開けると、俺は真っ白な空間に居たのだ。どこまでも真っ白が続いているような少しだけ幻想的な空間に。ちょっと、厨二の俺にはテンションが上がる、何と言うかカッコいい部屋だ。

「あらあら死んでしまうとは情けない」

眼の前には美人の女性が居た。

「手短に説明をしますね。さて、貴方は死んでしまいました。そして、ワタシは女神アテナ。そしてあなたを現代日本とは離れた異世界に転生をさせてあげましょう」

急に淡々と話が進み始めた。どうやらこの神が俺を転生させてくれると言うのだ。

「転生ですか」

「はい。貴方を『円卓英雄記』というノベルゲー世界の主人公に転生させてあげます（本当は噛ませ犬のフェイってキャラだけど）」

「ほ、本当ですか⁉」

マジかよ⁉　急に願いが叶うなんて！

生きててよかった！　あ、死んでるのか、俺。まぁ、死んでしまったのはしょうがない。だってもう死んでいるのだから、それよりも『円卓英雄記』というノベルゲーは聞いたことがある。友人が薦めてくれたけど、結局プレイできてないんだよな。というかそもそもノベルゲーを俺はプレイしたことがない。ただ『円卓英雄記』は凄い有名なノベルゲームらしいからネット掲示板とかで人気投票一位のキャラだけは聞いたことがある。まぁ、他のキャラ一人も知らないし、一位になったキャラも見た目とか特徴とかも知らない。ただ名前しか知らないんだけど……でも、なんでもいい!!

憧れの主人公ならそれでいい！　だって、大抵のこと上手く行くもん！　凄い才能とかあったりしてさ！　だって主人公って特別な存在でしょ⁉　最高じゃん。

「はい、本当に転生させてあげます。子供を庇う姿に神である私の心は打たれました」

「おっしゃぁぁぁ!!　勝ち組だぁぁぁ！」

「思う存分、夢の主人公ロールプレイを楽しんでくださいね。因みに転生先はフェイという名前の男の子、十三歳になった時点からスタートです」

「な、なるほど」

あ、そう言えばフェイっていうキャラだった。俺がネット掲示板で見た人気投票一位って。あんまり詳しくは見てないけど、確か「『円卓英雄記』人気投票一位はフェイ」その文字の羅列しか見てないけど覚えている。

「フェイって、『円卓英雄記』では人気投票一位ですよね？　このノベルゲーはやったことないんですがそのキャラの名前だけは知っているんです」

「あー、その通りです」

「一位キャラって、ことは」

「はい。勿論、フェイというキャラクターは主人公です。だって人気投票一位ですから！」

「おぉぉぉ！」

どうやら、俺は勝ち組らしい。何という素晴らしい女神さまに会う事が出来たのだろうか。俺はただ、幸運に打ちひしがれた。

「それではいってらっしゃい」

そして……あたりが眩くなって……。

◆

私の名は女神アテナ。死者を導き新たなる生を与える仕事をしつつ、暇つぶしに生を与えた人間をニヤニヤしながら観察するのが仕事だ。最近の日本人は異世界転生というのが流行っているらしく、転生すると大体大暴れしてくれる。それを観察するのは非常に面白い、私の趣味だ。だけど……ちょっと飽きてきたなとも思っている。次に転生させる日本人は少し変わった感じにしたいなぁ……というわけで次の魂は……ふーん、物語に出てくる主人公が好きな男子高校生……それがトラックに轢かれて死亡。ふーん。

まぁ、子供を庇って死ぬあたり、善人かぁ……。

そして、その少年が私の目の前に現れる。その時、あることを思いついた。

『——こいつ、主人公キャラに転生させるとか嘘ついて、噛ませキャラに転生させてやろう笑』

どういう風に泳ぐのか、見てみたい。そう思った。神は娯楽に飢えているから仕方ない。色々と死んでしまったこと、別の世界に転生させることを告げて、私は本題を切り出す。

「はい。貴方を『円卓英雄記』というノベルゲー世界の主人公に転生させてあげます」

「ほ、本当ですか⁉」

——本当はフェイっていう鬱ノベルゲーの噛ませキャラだけどね笑

「はい、子供を庇う姿に神である私の心は打たれました」

——まぁ、嘘じゃないけど……そんなに心は打たれてない笑

「おっしゃぁぁぁ‼　勝ち組だぁぁぁ！」

「思う存分、夢の主人公ロールプレイを楽しんでくださいね。因みに転生先はフェイという名前の

男の子、十三歳になった時点からスタートです」

「な、なるほど」

——なにやら眼の前の男子高校生は何かを考えているようだ。どうしたのだろうか？

「フェイって『円卓英雄記』では人気投票一位ですよね？　ノベルゲーはやったことないんですがそのキャラの名前だけは知っているんです」

「あー、その通りです」

変な所だけ知ってるんだな。

——まぁ、そのランキングは『スレ民が原作ファン泣かそうぜ』と言って共謀した結果だけどね笑　こいつ、いきなり面白い笑　嘘ついて正解だった!!

「一位キャラって、ことは」

「はい。勿論、フェイというキャラクターは主人公です。だって人気投票一位ですから！」

「おぉぉぉ！」

クツクツと私は笑ってしまう。この子はさぞや愉快に踊ってくれるだろう。

——しかし、この時私は、神なのに思いもしていなかった。

私がついた、たった一つの嘘。それを信じてしまった男が。

この男が『円卓英雄記』というノベルゲー世界で『自分の事を主人公だと信じてやまない、ただの踏み台キャラ』であるはずなのに……思い込みだけで世界を変えていくことなど。この時の私は知る由もなかったのだ。

◆

高熱に打ちひしがれた。そう、それは俺がフェイというキャラに憑依をした証しであるように、神様の言う通り、俺はフェイというキャラで十三歳になっていた。黒い髪に黒い眼、顔立ちはまぁまぁ、主人公にしてはちょっと悪者顔というか、目つきが悪いというか、ちょっと気になるところではあるのだが、まぁ、こういう主人公も居るだろう。

ノベルゲーの主人公。その言葉だけでなんだかワクワクする。だが、取りあえず現状を確認するために、転生先で数日過ごした。そこで分かった事は沢山ある。

先ず、俺の話す言葉。これが、妙にとげとげしく変換されてしまうのだ。『ねぇ』と言ったら『おい』とか、『おはよう』が『何をしている?』みたいな勝手に翻訳機能みたいなのがついている。どうして、こんな感じになるのか?

これなのだが俺が考えるに、元からこのフェイというキャラの特徴なのではないかという結論になる。元からこのキャラが上から目線で不遜な態度なので、それが身体に付随していると俺は考えた。主人公なのにこんな言葉遣いってどうなの? と一瞬思った。まるで『噛ませキャラ』みたいだと。だが、それはない。神様が俺を主人公に転生させると言ったのだ。つまりはよくいるクール系主人公の特徴が付随していたと考えるのが適切だろう。

フェイというキャラはクール系の主人公なのだろう。そして、そのクールな言葉遣いがこの身体に付随して、主人公補正のようなものになっているのかもしれない。だったら問題ない。クール系主人公の上から目線は基本だからだ。よくいるよね、そういう感じの主人公ってさ。

そして、俺が住んでいる場所は孤児院らしい。つまり俺は孤児であり、俺以外にも沢山の子がいるようだ。まぁ、これもだが主人公が孤児って割とあるある展開だよね。あとシスターのマリアという若い金髪巨乳美女がヤバいほどに可愛い。本当に可愛い。二十五歳らしいけど。エグイくらい可愛い。

さて、ノベルゲー。あんまり詳しくは知らないが……物語であるという事はどこかで原作が開始されるという事だ。一体、いつになるのかは分からない。だが、予想は出来るし、今の時期から戦える準備をしておいた方が良い。

少しだけ調べたが、ここは剣と魔法の中世ファンタジー世界らしいからな。この世界には『聖騎士』と言われる者達が居て、彼らの最優先事項は孤児院があるこのブリタニア王国領土で逢魔生体《アビス》という化け物から守る事らしい。

そして、騎士団は十五歳から入団テストを受けられるらしい。ここでピーンと来たよね！　ありとあらゆる物語を網羅している俺からすれば、十五歳になった時に、騎士団に入団!!　そこから閃光のような活躍を見せて、民を魅了、ヒロインに囲まれて素晴らしい余生を送る！

大体頭の中で計画は出来た。なら、することは一つだ。今は十三歳、つまり二年後に向けて、先ずは剣の修行をする！　孤児院には木剣があるから、これを使って今のうちから剣を振って鍛錬をしよう！

そう思い、剣を振り始めた。元々、フェイというキャラは孤児院では浮いていたようで、誰も俺に話しかけてはこない。思う存分、俺は未来への投資を出来るのだ。

「フェイ、あまり無茶はダメですよ」

シスターであるマリアが俺に話しかける。問題ないよ、マリア。

「あぁ、無論だ」

勝手に刺々しい言葉になる。クール系主人公は上から目線は基本だから仕方ない。心配してくれたマリアには申し訳ないが、こればかりは止められない。何故なら、俺は主人公。俺がやられたら一体だれがこの世界を救うのか。一応、その責任もある。

だから、剣を振る。強くなる。そう決めているのだ。

だって、主人公だから！

そう思って転生してから毎日、剣を振る。その姿をジッと見ているマリア。もしかして、マリア……俺のヒロインなのか？　疑ってしまうがマリアヒロイン説は後々、分かる事だろう。それよりも……。

「おい！　何を企んでいるんだ!!」

「俺に何か用か？」

俺と同じ年齢、孤児院で過ごしており、訓練の邪魔をする金髪に碧眼のイケメン男。トゥルー。

こいつは毎日、毎日、俺の邪魔をする。何故だかは分からないが、絶対邪魔をしてくるのだ。俺の推測だが、こいつは絶対噛ませ犬だな。間違いない。

「ふざけるな！　お前が真面目に訓練なんてするはずがない！　今までの行いを忘れたのか！」

申し訳ないが、憑依前の記憶は殆どない。トゥルーがいくら言っても俺はそうか、とかしか答えられないのだ。それに俺には他にやることがある。主人公として、やることが。そんな冷めた態度で相手をしない俺にトゥルーが木剣を突きつける。

「勝負だ。俺が勝ったら、全部話してもらう！」

そんなことを言われてもな……。だが、良いだろう。世界が俺を知る前に、お前に俺の凄さを教えてやろう。こいつも俺より前から訓練とか我流でしているらしいが、主人公の俺の才能の前には無力だろう。

「構わん。世界を教えてやろう」

「なんだと!!」

俺とトゥルーが互いに距離を取る。そして、目の前に木の葉が一枚舞った。互いに何も言わずとも理解する。あれが、おちたとき、

「どらぁぁ！」

「――がはぁ！」

落ちる前に、トゥルーが俺に斬りかかる。それがクリティカルヒット。俺は腹部に直撃した斬撃に耐える。とんでもなく痛いんだが……、しかも、こいつ滅茶苦茶、速いんだけど……。

主人公の俺よりも、速いんだが……一体全体どうなっているんだ？　俺、主人公だよね？

よし、落ち着け。今のはまぐれ。そうに決まっている……。ならばと、俺は立ち上がり、トゥルーに向かう。風を切るような速さで向かったはずなんだが……あっさり避けられ、もう一度、腹部に斬撃を当てられる。

もう一度、もう一度。そう思って立ち向かっても敵わなかった。どうしてだ？

地面に倒れながら、勝った事を周りの孤児たちにアピールするトゥルー……、それを称える孤児たち。

俺は主人公……のはず……。だが、こいつにはどうあがいても勝てってこない……ん？　勝てる訳が無い……そう、どうやっても勝てるわけがないのだ。

その時、俺の頭に稲妻が走る。あ、これ覚醒イベントじゃね？　良くあるやつだ。序盤は力なしで特別な力を知らない主人公が、危機に瀕して覚醒を果たす、あれだ！

そうか。そう言う事か。どうりで勝てないはずだよ。これは、覚醒が来るまで、耐え忍ぶ、そして諦めるなというイベントだったのか。盲点だったぜ。原作は二年後、聖騎士として活躍する前から始まっていたのか。

――そうだ、俺は主人公、こういうイベントをずっとやりたかったんじゃないか!!

何年も何年もただの平凡な生活に明け暮れていながらも、こういう熱い展開、バトル。友情努力勝利みたいなベタな展開をずっと待っていたんじゃないか。

何年も何年も心の奥底にあった主人公に対する憧れ、憧憬が弾けた気がした。自分でも分からないが、テンションが上がって思わずにやけていたのかもしれない。さてさて、これが俺の覚醒イベントだとわかった。

そうと決まれば……。

「まだ……だ……勝負は、終わっていない……」

「――ッ!」

俺は挑んだ、しかし、そこからは戦いとは言えなかった。トゥルーの戦闘技術にはどうあがいても勝てない。だが、覚醒を信じて、ひたすらに俺は立ち続けた。

まだか？　ワクワクするな……まだか？　ワクワクし続けているぜ、覚醒に期待しているぜ。

……さぁ、さぁさぁさぁ、と願い続けた。

だが、あまりに激しくなり過ぎたのか。

「そこまで！　何をしているの!!」

マリアが俺とトゥルーを止めた。傷だらけの俺と無傷のトゥルー。ボロボロの俺は覚醒をすることなく深い意識の底に沈んだ。

◆

トゥルーという少年にとって、フェイは気に入らない男であった。誰もが孤児院では他者を気遣い、敬っているのにもかかわらず、彼だけは我を通し、他者を貶める発言をする。

それ故に彼だけでなく、他の孤児にも嫌われており、シスターマリア、彼女にも手に負えない少年であった。いや、手には負えたのかもしれない。トゥルーは何かあるたびに彼の蛮行を止め、孤児院でも絶大な信頼を得ていた。

そう、手には負えていたのだ。

あの、十三歳の時に彼が高熱を出すまでは……。

今まで他者に構い、散々好き勝手してきた奴は何を思ったのか、急に自身のように剣を振り始めたのだ。トゥルーは己の母親と妹が化け物に襲われ、死んでしまった事を他の誰にも味わわせない為に、聖騎士となり全てを守るべく幼い頃から研鑽を積んでいた。

その才能は凄まじく、原石と言えるような物だ。

そう、自分は特別な人間であると彼は感じ、自身を疑わなかった。だからこそ、彼はフェイという人間が今度はどんな悪行を考えているのかを確かめる為に、決闘を申し込む。

日々鍛錬を続けるトゥルーと始めたばかりの彼。こんなもの、結果は言うまでも無い。孤児院の子供も、トゥルーも勝利を疑わなかった。

「勝負だ。俺が勝ったら、全部話してもらう！」

決闘が始まる。そう、誰もが分かっていたようにそれは圧倒的な差であった。一と十。どちらが凄いか、言うまでもない。

木剣で彼の体に軽くあてる。優しさがトゥルーという少年の強さであった。どんな相手にも、施しを与え、非道に徹しきれない。だが、それは彼の甘さ、いや、傲慢と言うべきもの。

「――も、もう、いいだろう」

「まだだ……」

何かを求めている男の眼であった。何度も何度もフェイは倒され、ボコボコにされ、剣は優しくあてているがそれでも痛い事には変わりないはずなのに。

「俺は……こんなところで」

「なんだよ！」

自然と、力が入る。それは恐怖であった。トゥルーにとって目の前の何かは許容し難い、何か。

――人、否、力を求める餓狼のような眼。

その眼の奥に、どろどろした深淵のような何かを感じた。同族嫌悪に似た何か、恐ろしい執念。意思の塊。まるで何年も何年も焦がれてきた何かが渦巻いているような、圧。

周りの孤児たちも、戦慄していく。あれは、今までの自分たちの知るフェイなのかと。全く違う、異質な『何か』なのではないかと。

「――まだ……だ……勝負は、終わっていない……」

「――ッ！　う、うわあぁぁぁあ!!」

恐怖。漠然とした大きな恐怖。自分の理解の及ばない存在に、初めてトゥルーは、いや、『円卓英雄記』というノベルゲーのメイン主人公《トゥルー》は恐怖を知った。

――化け物が居る。自身では形容しきれない存在が居る。

ただ、それを目の前から消したくて、強く強く、剣を振ろうとした。だが、それを、

「そこまで！　何をしているの！」

シスターマリアが止めた。自身にとって、姉のように、家族のように慕っている彼女が来た事によって、彼は正気を取り戻す。あまりに行き過ぎた行為であったと自身を恥じる。

見れば、目の前にいるフェイが傷だらけ。

「トゥルー、どうして！」

「ご、ごめんなさい……」

「フェイ！　貴方は……」

「――ッ嘘だろ、立ったまま気絶してる……」

シスターもトゥルーも言葉を失った。フェイは気絶していた。最早、限界だったのだろう。だが、それでもその男は立っていた。限界の更に先。それを超しても、魂の意地で彼は立っていた。

これほどまでに、力を求める者が今まで居ただろうか。

「……しかも、笑ってる」

少年は気絶しながら笑っていた。あんなにも逆境であったというのに、それをまるで望んでいるかのように。

この日の事を、主人公であるトゥルーは忘れない。彼の記憶の深くに恐怖が刻まれた。

第二話　復讐者

トゥルーとの決闘の後、俺は目を覚ました。医務室のベッドの上、頭には包帯が巻かれている。

そして、隣にはシスターであるマリアがいて、俺が目を覚ますと嬉しそうに笑顔を向ける。

可愛い、やはりヒロイン枠か？

そして、体が痛い。まぁ、あれだけボコボコにされたから当然である。トゥルーにあんなにボコボコにされるとは。

あそこまでボコボコにされた。木っ端みじん。手も足も出ない。しかも、覚醒も起こらなかった。

俺は本当に主人公なのかと疑問に思ってしまう程に、無様であった。

あ、あれ？　俺主人公だよね……僅かに不安がよぎる。だが、その時、またしても頭に電流が走る!!

——あれは、意味のある敗北だ。だって、主人公なのだから。

そうだよ！　前向きに考えよう！　ノベルゲー世界の主人公だぜ？　人気投票でも俺は一位なんだぜ？　だったら、あれはちゃんと意味がある。この世界に俺がしたことが無意味になることはない！　だって主人公だから！

だとすると……考えられるのは一つ。あれは主人公の覚醒イベントではなくて、もっと違うイベント。

なんだ、なんだ？　他に考えられる可能性は何だろうか。そこで再び脳内に稲妻が走る。

——つまり、主人公専用負けイベントであったのだ。

そっちかー。主人公である俺も流石にそれは初見では見抜けなかったぜ。まぁ、ああいうのは後々、伏線になったり、強化の足掛かりになったりするから無駄ではないと考えて、この怪我も良しとしよう。

トゥルーとか、あれ絶対『噛ませキャラ』だな。そういうにおいがするんだ。いつしか俺の方が強くなるに違いない。

「フェイ？　大丈夫？」

考えていると美人シスターマリアが覗き込む。心配そうに不安そうに、いい奴だなぁ。

『大丈夫です、気にしないでください』

安心させるようにそのように言葉を発する。だが、

「無論だ。この程度、かすり傷」

「そ、そんなことないよ！　フェイ！」

やはり、上から目線翻訳をされてしまう。きっとフェイというキャラはクール系主人公なんだろうなぁ。

ごめんね。マリア、年上なのに。でも、クール系主人公の上から目線は基本だから。

「ねぇ、フェイどうして、急に剣を振り始めたの？」

「どうして、か……」

うーん、主人公だから今のうちから鍛えておこうと思って……。等と言えるはずもない。そういうメタ発言は世界観を壊しそうだから外には出したくはない。他の理由を考えよう。

まぁ、でも、強くなるためだよな……。ノベルゲームがどんな構造なのか、完全に把握をしていないが、逢魔生体《アビス》とかいう化け物が居るんだろ？　だったら、多分これを倒す感じだと思うんだよね……。

だから、強くなるため……ただ、これだけだな、分かりやすく言うと。逢魔生体《アビス》を倒せるようになるため。

「高みを目指すためだ。そして……逢魔生体《アビス》を俺が滅ぼす」

「――ッ……」

マリアは欠伸をしたいのか、それとも驚いてあんぐりと開けてしまった口を隠す為なのか、美しい手で口元を隠す。いや、可愛いな、おい。

それにしてもちょっと盛ってるような発言になってしまったなぁ。でも、きっとそれが何だかんだでゴールであるような気もする。

主人公には壮大な目的が基本だし。

「滅ぼす……だなんて。そんな事」

「それが己のなすべき事、そんな使命がきっと俺にはある」

主人公だし、きっとそんな感じがするだけなんだけど。滅ぼしてハッピーエンドみたいな感じ。

「滅ぼして、どうするの？　今日みたいに、今日以上に大変なのよ？」

「それでも構わん」

「貴方の両親は確か逢魔生体《アビス》に……何でもないわ、ごめんなさい。あのね、フェイのご両親は……貴方にきっと生きてほしいって思っているはずよ、危険な事なんてしないでほしいと思うわ」

「それでも、俺は戦う」

主人公だから、俺がやらなきゃ誰がやるっていう精神。俺が戦わないと色々世界が大変でしょ？　やらないといけない。そういうのがずっと前世からしたかったしさ。心配してくれるのは嬉しいけど、悪いね、マリア。記憶が戻ったのが最近だけど、実はその前の記憶は全然ないから、両親のことも全然覚えてないんだよね。まぁ、大丈夫、俺は生きるよ！　だって主人公だもん。世界は主人公が生き残るように出来ている。主人公死んだら物語終わりだしね。作品も完結しちゃうから。作家も主人公だけは死なないシナリオにするでしょ。

――まぁ、何が言いたいかというと、俺は何があろうと戦い続けるよってこと。主人公だし。

「俺は何があろうと戦い続ける」

「フェイ……」

この翻訳機能って結構口悪くなるけど、全く見当違いの事言ったりはしないんだよな。俺は戦うって言うと決めたら、何があろうと戦うみたいなちょっと盛ったりして言うし。この翻訳加減はいまいちつかめないけど特徴は少し掴んできた。

あと、何となくだけどマリアの話し方から推測すると、フェイという主人公キャラの両親が逢魔生体《アビス》に殺された感じだよな？　俺は主人公だから死なない、だから敵討ちくらいはするぜ。世界平和とか壮大な目的がゴールだったりするのが主人公の基本だし。両親さんの無念くらい主人公の俺が晴らして満足させてやる。世界をハッピーエンドにしてな。

「俺は、両親と世界の為……」

「……フェイ、貴方」

あ、ちょっと待て。俺クール系主人公だからそんなにＬＯＶＥ＆ＰＥＡＣＥみたいなこと言わない方がいいかもしれない。壮大な目的あるんだけど実は隠してます。優しいことこれからします、目標に掲げますとかいうのはクール系キャラから少し外れている気がする。危ない危ない、壮大な目標があってもアピールとかしないのがクール系だよな。

「いや、なんでもない」

危ない危ない。俺のさじ加減でキャラ崩壊とかなりそうだな、今後は気を付けないと。

「その、ごめんね、辛いことを聞いてしまうかもしれないけど……フェイの両親が居なくなってしまったことを、貴方はずっと気にしていたのね……ごめんなさい、本当は私が親代わりだから、寂しい思いをさせないようにしなくちゃいけなかったのに」

あー、なんか心配してくれてるけど、両親が居なくなった時の事。それは全然覚えてない。憑依する前のフェイってていうキャラの心配なんだろう。申し訳ないが本当に全然俺覚えていないんだよね。憑依前の記憶とか無いし。思い出す気配すらない。あまり寂しさもないし、気にしないでくれ、すまんね、心配かけて。

「昔の事は、一切覚えていない。だから気にするな」

「……いえそんなはず……ッ。そう、そうよね」

気にするなと言っているのに、凄い気にしている。あぁ、なんだかこっちがいたたまれないぞ。記憶はないし、それでもマリアは心配しているし。ちょっと申し訳ない事しちゃったかな、無用な心配をマリアにさせてしまった。

「……あぁ、だから無用な心配は不要だ」

「――ッ……そう、そうね。ごめんなさい」

「何故謝る。お前が気にする事ではない」

なんか、凄い気にしてくれてるから本当に申し訳ない。マリアは本当に良い人なんだな……。

「それで、その怪我は大丈夫？　トゥルーは私が叱って……」

「いや、その必要はない」

「どうして？」

別に怒ってないし。あの負けイベントは俺にとって最高だった。言ってしまえばずっと求めていたと言っても過言ではない。イベントってずっと憧れていたからな。なんやかんやで怪我をしてしまったけど、ああいうのが後々俺にとってプラスになるという事は知ってるからな。俺にとって意味のないイベントは起こらない。

どっかで、今回のイベントが伏線になってるんだろうなぁ。それに、何だか自身の現状を知れたし、もっと頑張らないと。みたいな闘争心が湧いてきたというか。あのトゥルーという噛ませ犬みたいなモブキャラに負けたこの現状を認めて、俺は先に進もう。

主人公だからな！　常に向上心を持っているのだ！　世界は俺を中心に回っている。あの負けイベントも起きるべくして起こり、誰にも止めることなんて出来なかったんだろう。

結果。俺にとってプラスになったイベントであり、しょうがない。

「俺は怒っていないからだ。己を知り、そして、未来に進む。俺にとって、あれは必要な事だった」

「そ、そんな。でも、孤児院の皆も貴方がやられて……寄ってたかって、喜んでた部分もあったらしいから。ごめんなさい。私がもっと早くに止められていれば、辛い思いも怪我も貴方がする必要はなかったというのに」

あ、そうなんだ。そんなに皆して俺がやられて笑ってたのか……嫌いなのかね？　俺のこと。ちょっと強面だしね……。怖いのかな？　うーん、どういう事だろうか、分からない。

ただささ、主人公にとって理不尽とか辛い事とか沢山あるのが基本だろ。さっきマリアも言ってた、

『これから今日みたいに、今日以上に大変なのよ？』その通りだよ。たかが少しアウェーな空間？ノンノン、そんなの問題じゃないね。主人公はもっとスケールの大きいことを気にしなくちゃ、それに俺からしたらずっとやってみたかった主人公の負けイベントが出来ただけで嬉しいから本当に気にしてない。あれくらいの理不尽軽く乗り切ってやるぜ、だって俺は主人公なんだからさ。ああいうイベントも必要って事だね。

「あれは、俺にとって必要な事だ。全てを越えて俺は先を行く」

「――ッ。そう、そうなのね……ごめんなさい」

おお、納得してくれたのか。マリアは笑顔になる。そして、あろうことか、俺を抱きしめた。柔らかい胸に顔がうずまる。お、おい……前世から童貞の俺にはそれはきついぜ……。

「大丈夫。私がどこまでも一緒に居るからね……フェイ……愛してる」

耳元で囁く。その声ヤバい。耳溶ける……。良く分からないが、雨降って地固まる的な感じなのかな？

流石主人公である俺。こういう結果を無意識のうちに引き寄せてしまうとは!!!!

それにしても、柔らかい。ドキドキする。童貞心の俺にはどうしていいのか分からず、体が固まっていた。マリア、優しくて美人でいい匂いもする。しかも、俺を抱きしめてくれるなんて……。

主人公が孤児出身で、孤児院を取り仕切るシスターがヒロインって割とよくある話だよな？

――やはり、マリアはヒロインなのかもしれない。

◆

ボロボロになったフェイの側で一人の女性が心配そうに眺めている。修道服のような綺麗な正装。白と黒を基調としたそれに、白等を主にした布を筒形にまとめた頭巾をかぶっている。綺麗な金の髪、宝石のように美しい青の瞳。顔立ちも整い、体も肉つきが良くどこか大人の色気を醸し出している。彼女は椅子に座りベッドの上のフェイの手を握り、まだ目覚めないのかと、不安を募らせ、願いにも似た、祈りを神にささげた。

彼女の名はマリア。数年前まで聖騎士として逢魔生体《アビス》などとの戦いをして活動をしていたが、今では孤児院を立ち上げ、孤児たちの面倒を見るシスターである。ノベルゲーム『円卓英雄記』ではメイン主人公のトゥルーの育ての親。そして、ルートを辿ればヒロイン枠にも該当する。

身寄りのない子、恵まれない子、そんな子達を彼女は保護している。そんな彼女も逢魔生体《アビス》によって両親を失い、身寄りが存在しなかった。飢餓に苦しみ、だが、様々な人の支えもあって彼女は生きながらえてきた。

その時の自身の経験、そして、聖騎士として活動するうちに人の笑顔に触れていき、もっと誰かの為にと思い立ち、自分に出来る事を探した。その結果、聖騎士を若くして引退し孤児院を立ち上げることになる。

子供の笑顔を守りたい。そんな願いからこの場所は造られた。だが、現状はどうだろうか。フェイという少年は怪我をし、笑った事はない。今まで一度も。

マリアにとってフェイは苦手な少年であった。誰に対しても横柄な対応、誰もが心を開くマリアにも心を開くことはなかったからだ。優しく接していれば誰でも心を開く訳なんて無いと彼を見て初めて思い知らされた。

自然とマリアもフェイと距離をとってしまっていた。

誰もを平等に出来なかった。マリアの失態でもあった。

だが、そんなフェイという少年はある日を境に大きな転機を迎えた。高熱が出てしまい寝込んでしまったのだ。周りの孤児たちも少しだけ良い薬だと思っていた事だろう。それを見て少しだけ彼女は自身を責めた。放っておいたから距離が出来てしまったのだと。これからまた、いつもの不遜な態度に戻って孤児たちを虐めたりするのだろうか。いろんな要素に板挟みになって未来に不安を覚えた。だが、その不安の要素が変わった。フェイという少年は急に人が変わった様な態度をし始めた。今までのフェイは言ってしまえば苛めっ子であった、悪い意味で孤児たちに関わり続けて、距離を置かれて、それにいら立つようにまた苛めをしてトゥルーに止められる。その日常が急に変わった。悪い意味で人との接触を欠かさなかった彼が急に本を読みだしたのだ。他者との関わりもなくなって、完全な一人。マリアにはそれが『別人』のように思えた。孤児達は何かを企んでいるのではないかと思って不安がった。そして、全てが変わり、そして、あの決闘へと向っていく。フェイを怪しんだトゥルーは孤児たちの不安を無くすために決闘を挑んで、それでフェイはサンドバッグの様にされた。大怪我に近いものをおった。
だが、なんとか、治癒系のポーション、薬などを使い、傷を完治させたのだ。後遺症は全くとい
ってないだろう。あとは、目覚めを待つだけ、その間、マリアはひたすらに考える。何と声をかけ
るべきか。
悩んでいるとフェイが目覚めた。彼女は精一杯の笑みを向けて、彼に語り掛ける。
「フェイ、大丈夫？」
「無論だ。この程度、かすり傷」
「そ、そんなことないよ！　フェイ！」
その傷があたかも当然であるというフェイの言動に彼女は焦らないわけがなかった。かなり一方
的な試合であった。トゥルーもあそこまでしてしまう子ではないと彼女は知っていた。優しい子だ。
だが、フェイの怪我はかなりのものだった。それに誰もあの場で止めはしなかった。それはなぜか、
フェイにあまり良い思いをしている子は居なかったからだ。
（でも、今までのフェイとは何かが違う……フェイはどうしてこんなにも急に変わってしまった
の？）
「ねぇ、フェイどうして、急に剣を振り始めたの？」
「どうして、か……」
フェイは深く考えるように虚空を見た。その眼の執念深さ、異質さ、それが全く今までのモノと

は違う何かであると彼女は気付いた。

「高みを目指すためだ。そして……逢魔生体《アビス》を俺が滅ぼす」

「――――ッ……」

(滅ぼす!? 逢魔生体《アビス》を……そんなの無理に決まっている。私だってその願いを持っていた時があった。でも、私には無理だった……誰であろうと無理に決まっている……)

「滅ぼす……だなんて。そんな事」

「それが己のなすべき事、そんな使命がきっと俺にはある」

それが決定づけられた未来のように淡々と彼は述べた。それを彼は変えることはない。そんなつもりもないというように彼はベッドの上で拳を握った。

「滅ぼして、どうするの？ 今日みたいに、今日以上に大変なのよ？」

「それでも構わん」

「貴方の両親は確かに逢魔生体《アビス》に……」

(しまった……フェイの両親の事を言うのはこの子に……辛い思い出を……)

思わず口に出したがそれを言うなんて良くないと彼女は感じた。良くないと分かっていたのに。一瞬だけ、過去の自身と今のフェイを重ねてしまった。嘗て行くあてもなかったマリアを拾ってくれた育ての母親は逢魔生体《アビス》に殺されてしまった。そのことから彼女は聖騎士になり逢魔生体《アビス》を全て滅ぼすと無理を沢山した。

（もしかして、剣を急に握った理由は騎士になる為……？　両親の仇を討つため？　まさか、この子は私と同じ……復讐者《アベンジャー》。化け物に殺された両親の無念を晴らそうと……いえ、まさか、そんな……。集中しなさい。マリア。貴方がすべきは目の前の少年と向き合って話すことよ）

「なんでもないわ、ごめんなさい。あのね、フェイのご両親は……貴方にきっと生きてほしいって思っているはずよ、危険な事なんてしないでほしいと思うわ」

「それでも、俺は戦う」

彼は己を曲げなかった。ただ、真っすぐどこか虚空を見て己の目標を告げた。そこに恐怖はなく、ただ前を見ていた。

「フェイ……」

その彼の意志の強さを感じて、ただ名前を呼ぶだけになってしまった。孤児院のシスターとして危険な事はしないでと言うべきなのに。

「俺は、両親と世界の為……」

「……フェイ、貴方」

その微かな彼の言葉を聞いて、何かピースがハマっていくように彼女の中でやはりと仮説が証明されていくような気がした。

（やはり、この子は私と……同じ道を……どこまでも虚無のような眼。誰の言う事も聞かない無鉄砲さ。自身が怪我をしてもまるで気にも留めない異質さ……この子は本当に……両親を、それだけじゃない、自分を犠牲にして無念を晴らして、誰かの為に……）

「いや、なんでもない」

（止めるべき、よね。傷つくのが普通になるなんて良い訳が無い。それにこの子は両親の仇を取ろうとしている。私もそうだった。私には分かる。復讐するとき、周りの事が見えなくなる。でも、寂しいのだ。私が側に居て最初から向き合っていれば、彼は……孤児院でも一人になる事もなかったのに、親の代わりに私は全然なれていなかった。寧ろ遠ざけていた。謝らないと）

「その、ごめんね、辛いことを聞いてしまうかもしれないけど……フェイの両親が居なくなってしまったことを、貴方はずっと気にしていたのね……ごめんなさい、本当は私が親代わりだから、寂しい思いをさせないようにしなくちゃいけなかったのに」

「昔の事は、一切覚えていない。だから気にするな」

「……いえそんなはず……ッ。そう、そうよね」

彼女は戦慄した。そして、驚きもした、以前の彼からは考えられない異様な気遣いに。

（この子は……私を気遣って嘘を。この子に悲しい嘘を言わせてしまった）

「……あぁ、だから無用な心配は不要だ」

「──ッ……そう、そうね。ごめんなさい」

「何故謝る。お前が気にする事ではない」

（──フェイ、貴方は……）

彼女は再び戦慄する。

（私が失言をして、自身を責めていることを感じて。それが分かったうえで気にするなと、また嘘をついている……）

いつの間にか、眼の前の少年が異様なほどに成長をしてしまっていたことに彼女は気付いた。

（もしかしたら、フェイは無意識のうちに人との接触を求めていたのかしら、不遜な態度も、不器用ながら関わりを誰かに求めて、復讐の道に行きたくなくて……私のように……この子には私と似ている点がある……）

以前までのフェイの孤児達への当たりの強さはもしかしたら何かしらの意味を持っているのではないかと彼女は深読みを始めてしまった、勿論そんな事は無い。ただ単に以前のフェイは記憶が戻る前で性格が悪かっただけである。

「それで、何度も聞くけどその怪我は本当に大丈夫？　どこか痛いところはない？　トゥルーは私が叱って……」

「いや、その必要はない」

「どうして？」

「俺は怒っていないからだ。己を知り、そして、未来に進む。俺にとって、あれは必要な事だった」

「そ、そんな。でも、孤児院の皆も貴方がやられて……寄ってたかって、喜んでた部分もあったらしいわ。あれはやりすぎだった。ごめんなさい。私がもっと早くに止められていれば、辛い思いも怪我も貴方がする必要はなかったというのに」

「あれは、俺にとって必要な事だ。全てを越えて俺は先を行く」

「――ッ。そう、そうなのね……ごめんなさい」

――彼女は三度戦慄する。

（――この子は一体どこまで……）

（今まで、自分のしたことに報いを受ける為に、敢えて、孤児たちの前で醜態をさらした。派手にやられ、怪我をし、そうすることで遠回しに今まで酷いことをしてしまった孤児たちへの懺悔をした）

（罰を受け、そうすることで前の自分と決別する意味もあったのだわ……敢えてあの場で石を投げさせた）

（そして、復讐を選ぶために、自身を強くするためには命すらなげうつ覚悟を決めるという意味でトゥルーとの決闘を受けた。格上との戦いに……きっとそういう事なのね。だって分からないはずがない、いつもいつもトゥルーにフェイは懲らしめられていた、力の差はこれまでで分かり切っていたはず）

（根はきっと優しい子のはずなのに……どうして、私はこんなになるまで放っておいてしまったのか。私は一度でもこの子を力いっぱい抱きしめたことがあっただろうか……）

彼女は力いっぱい、フェイを抱きしめた。でも、フェイは抱き返すことはなかった。少しだけ緊張するように体を硬直させたがそれ以上は何もない。

（もう、私達とは相いれない……遠回しにそう言っているのね。私を気遣って……）

「大丈夫。私がどこまでも一緒に居るからね……フェイ……愛してる」

（もし、この子がその道を選んだ時は私が止める。この子が抱きしめ返してくれるまで、私は何度でもこの子を……）

シスターマリアは深く誓った。もう、これ以上、この不器用で孤独な少年を一人にしないと。盛大にシスターマリアは勘違いをして深読みをした。

第三話　主人公はアーサー

記憶を取り戻してからなんやかんやで二年が経った。いつの間にか俺は今年で十五歳、つまりは聖騎士になるイベントにあと一歩まで近づいているという事である。ここまでの二年間沢山の事があった。ラスボスを見据えて、剣を必死に振り、常に高みを目指す俺。向上心の塊である主人公である俺。毎日毎日狂ったように木剣を振り続けたから、これには孤児院の奴らもビビってたなぁ。そ、そんなに素振りするのかよ……それは流石に特訓で体を酷使しすぎではないか⁉　みたいな、そういう感じの尊敬の眼差しっていうかさ。恐怖の眼差しというか、畏怖してたな。クール系の強面もあって人を寄せ付けないのは基本だから、気にする必要はない。そういえばトゥルーは決闘の後からは、あれっきり全然かまってこないし。多分だけど主人公である俺にビビっているのだろう。

それとも、メタ的な考えになるがもう出番がない？　もしかしてモブキャラだから、出番が終わったらもう、関わるイベントももうない感じなのか、どうなのか、知らないが。まぁ、俺は俺の事を考えよう。

この世界には聖騎士という逢魔生体《アビス》などの存在と戦う正義の味方みたいな職業があるので、聖騎士になることが恐らく主人公としての今後の方針であると予想をして訓練をしていた。

そして、聖騎士として活躍するためには、ブリタニア王国を筆頭に存在する円卓の騎士団という騎士団に所属しなくてはならないらしい。この騎士団の入団試験で合格をすると取りあえずは聖騎士としての道が開けるらしい。なので、俺は騎士団の入団試験会場に馳せ参じていた。

孤児院からそこまで距離も無いので、いつでも帰れるという状況。だが、騎士団には宿泊できる寮みたいな感じのものがあるらしい。

うーん、主人公として直ぐに実家に帰るのは、なんかな……。事をなすまで俺は帰らない、みたいな感じで行動をした方がカッコいいと思った俺は、英雄になるまで帰らないみたいな感じでマリアに、

「俺は、なすべきことをなすまで帰ってこない……それまで、さよならだ、マリア」

と言っておいた。そしたら、マリアが泣き始めて、もう、会えないとか、一人で辛い思いしないでとか、無理しないで、そんな嘘つかないでとか言い始めるので、ちょっと困った。マリアって心配性でいい奴なんだなと改めて実感。取りあえずは孤児院に毎日帰宅をするという事にしておいた。

そのまま俺は円卓の騎士団の入団試験を受けに、王都ブリタニア、騎士団本部に訪れていた。この騎士団本部は物凄く大きな建物であり、同時に城みたいにも見える。騎士団本部は「円卓の城」と呼ばれているらしい。そして、その「円卓の城」の近くに俺が住んでいるブリタニア王国の王様が住んでいる、ブリタニア城がある。この城も凄く大きい。二つを比べると「円卓の城」の方が少し小さめにも見える、流石に王様の城に大きさは及ばないようだ。

だけど、本当に大きいな。「円卓の城」は四階建てくらいかな？　縦にも横にもすごく大きい、立派な城だなって感心する。この「円卓の城」で入団試験を受ける受験者は内部で受付を済ませて外で待てと言われているので、受付は済ませた。俺は待ちながら周りを見る。

俺のほかにも同年代と思しき若い男女の姿はチラホラと見える。ふむふむ、なるほどなるほど、彼らを見て俺は一つの結論に至る。

どう考えても、俺の踏み台ですね。ありがとうございます。俺は自身の事を過大評価も過小評価もしない。だが、評価をするならば常に最高。だって主人公だからね。こいつらに負けるはずないよね？　主人公はやっぱり活躍するんだよね、こういう試験とかでもさ、格の差を見せてしまうものさ。俺の勘がそう言っている。

そして、驚くことにトゥルーも試験を受けるらしい。あれま、マジか？　全然知らなかった。トゥルーは主人公ではない、モブだというのに騎士団に入って頑張ろうとしているんだな、まぁ、放っておこう。

さーてと、他の受験者にちょっかいを出してもいいが、この二年間で俺にはクール系主人公であるという生き方が染みついているので何もしない。ただ、じっと試験が始まるのを俺は待つ。

クールに近くの木に寄りかかり、腕を組み、眼を閉じる。これぞ、主人公的カッコいいスタイリッシュな待ちの姿勢。

待ちの姿勢をしたのは良いが、一体どのくらいで試験が始まるんだろうか。まぁ、そんなに待たないだろうなぁと思っていると……誰かが俺のポジションに近づいてきたので眼を開ける。木に寄りかかるポージングは変えないままチラリと横目で近づいてきた誰かを観察してみる。そこには金色の綺麗な髪、それが腰まで伸びている。眼は左が菫、右が蒼。体の凹凸もしっかりしていて美しい少女。まるで人形のようだと錯覚するほどに彼女は顔立ちが整っていた。世界の中心であるかのような圧倒的ビジュアル、彼女の肌には染み一つない。明らかにオーラが他とは違った。

うわぁ、ガチガチの美人……。

何で、この子、俺の元に来たのだろう？　もしかして、一目ぼれか!?　あー、その説アリだな。主人公だし、この子、ヒロインの可能性も出てきたな。恋愛要素が急に入ってきたのかもしれない。この子がヒロインだと言われても納得のビジュアルだ。となるとマリアはヒロインではなかった？

うーんと考えていると……騎士団本部の建物の中から誰かが出てきた。

「はーい、未来の英雄たちこんにちはー。僕の名前はマルマル、五等級聖騎士をしているものだー」

気の抜けたような声が俺の耳に響いた。眼を向けると緑色の髪に青い眼、顔立ちは結構整っている、俗に言うイケメン男性がそこにいた。やる気がない感じだが、イケメンで草食系のモテそうなイメージがある。前世の俺なら絶対嫉妬していた。リア充とか、ああいうモテそうな奴が嫌いだった。だが、しかし、今の俺は主人公、世界の中心であり、可愛いヒロインが寄ってくるので嫉妬などしないのである。

それにしても五等級聖騎士か。このブリタニア王国の聖騎士は誰もが十二から一までの等級という概念を持ち、数字が少ない程に優れた騎士であるとされているらしい。五か……まぁ、ぼちぼちだな。俺はどうせ未来の一、いや零くらいの器だからな。

「さて、そんなわけで入団試験をするんだけどー。まぁ、騎士はいつの時代も不足してるからー、ここに居る君たちはもう、合格と言ってもいいくらいなんだよねー。仮入団からの訓練が大事っていうか……」

あー、試験官がそういうことを言っても良いのだろうか？　確かにこの世界の聖騎士はいつもいつも、危機的状況に身を投げ出す。だからこそ、なりたくない者が大多数なのだ。命の危険に自ら飛び込むとか、進んで飛び込む輩は普通は居ない、俺を除いて。

だが、危険な仕事ゆえに給料はそれなり。だから、少数でもこうやって集まるのだ。まぁ、俺はそんなスケールの小さい事は言わない。主人公として凄い大きな事を成し遂げるためにその足掛かりとしてここにきている。

「てなわけだから、気楽でいいからー。と言うわけで、まぁ、一応適性テストみたいな？　そんな感じのをするからさ。二人組をつくってくれるかな？」

「え、どうする？」

「俺と組もうぜー！」

「しょうがねぇなぁ！」

「私と組んでくれる人！」

先程の既に合格という言葉を聞いたからだろう。一気に同年代の踏み台たちが気の抜けた声をあげる。何と意識の低い事か。まぁ、俺は主人公なので、常に全力である。気を引き締めてこの試験に臨むぜ。手を抜くなどという甘い戯言は大嫌いである。俺は凄いやる気に満ち溢れているぜ！！！　あれ？　ちょっと待って？　二人組つくれって言った？　あ、二人組どうしよう……少しだけ悩んでいると、隣から声がする。

「ねぇ」

「……」

「貴方に話しかけてる……」

「俺か」

「そう……逆にあなた以外に誰が居るの？」

「そうか……それでどうした？」

先程の金髪美人の子が俺に話しかけてくる。そして、その子にクール系翻訳機能が見事に会話を返してくれる。

「どうして、そんな顔してるの？」

……もしかして、この子俺の事をブスと言っているのか？　先ほどの金髪美人に話しかけられたのでちょっと嬉しい気持ちがあったのだが……そんな顔してるってなに？

「どういう意味だ？」

「そのまんま……他の子は皆気を抜いてる。でも、貴方だけ、抜いてない……どうして？」

あ、そういう意味ね。馬鹿にしているのかと思った。なんか、話してみると感情の読み取りにくい子だな。人形みたいに顔立ち整ってるけど、同時に人形みたいに冷めているというか……。まあ、顔がイチバンだけどさ……。まぁ、些細な事だから別にいいか。さて、この子の疑問に対して、答えは簡単だ、主人公である俺は真面目に手を抜かない、それだけである。俺は常に向上心を忘れないんで。

「お前は何を当たり前のことを聞いている？　常に己を超さねば成長はない。ただ、それだけだ」

自分で言っておいてなんだが、いや、どうしてこうも名言がどんどん飛び出してしまうかね？

いやー、俺は流石だな。

「……なるほど。そういう事か……気付いてたんだ」

「……ん？」

「あの人、合格にするとは言った。でも、合格結果に優劣を付けないとは言っていない。これから命を懸けて聖騎士として活動するのに、試験が何も無いなんてあり得ない。これは、いかにぬるま湯でも己を律することが出来るか、そういうのを見られている。その裏の評価項目に最初から気付いてたんでしょ？」

「……フッ、当然だ」

ふっ、全然気付いていなかった。あの試験官が言っていたことにそんな意図があったのね。知りませんでした。だが、やはり俺は主人公、大抵のことは上手く行くのである、流石俺。

「……私と組んで」

「……構わん」

どうやら彼女も組む相手がいないようだ。こんな美人と組めるなんて……俺は主人公だ。世界が味方している。

「さぁて、皆、組めたみたいだね。試験は簡単、そして必ず合格するという事を先に言っておこう。さて、試験だが、ここに僕が用意した訓練用の木剣がある。それを持ってペアと打ち込んでくれ……こちらが止めと言うまで続けるんだ。いいね？」

フッ、俺が二年間どれほどの訓練を積んだか。見せてやろうじゃないか。目の前の金髪女子、そいつに俺の強さを見せつけて、どうしてそんなに強いの⁉　貴方に勝つまで私は貴方の奴隷！　とか、そんなことを言わせてやろう。

「あ、そう言えば……あなたの名前は？」

「フェイだ」

「そう、私はね……アーサー」

――アーサー？

なんか、主人公みたいな名前だな。日本人である俺はアーサーという名前は知っている。アーサーってあの歴史上の人物だろ？　そういえばこのノベルゲームの名前は『円卓英雄記』だっけ？

あー、てことはコイツが主人公か……？　一瞬だけそんな考えが頭の中に浮かんだ。円卓と言えばアーサーという固定観念が思い出される。しかし、もう一度俺はあの女神さまに言われた事を思い出す。

『貴方を『円卓英雄記』と言うノベルゲー世界の主人公に転生させてあげます』

それを思い出して、再びアーサーという眼の前の少女が主人公であるかどうかについて議論をする。結果。いや、それは無い。主人公は俺だ。だって女神さまがそう言ったんだもん。それに歴史上の人物って著作権フリーだったから色んな所に出張してる感じだし。ソシャゲとか、アニメとか、もう飽和状態っていうか。主人公としてはもう、時代遅れっていうか。そもそも『円卓英雄記』というノベルゲーだからアーサーという名前の人物が主人公である。という固定観念は良くないよね。そういう勝手な思い込みって良くない。もっと色んな考え方をしないといけないだろう、主人公としても人としても。

だが、まぁ、アーサーという名前からすると……ヒロインとか、それなりのポジションだろうなぁ。主人公である俺には劣るポジだろうけど。さて、木剣を互いに構えて、そこで丁度試験官が合図をする。

「じゃあ、始めてくれるかなー」

「よろしく、フェイ」

マルマルの合図でアーサーが木剣の剣先をこちらに向ける。俺もアーサーに剣を向ける。

「あぁ、始めよう……アーサー。俺とお前の……闘争を」

きまった……。これ、絶対ＭＡＤとかで使われるわ。それは名言集、フェイ語録とか、そういう感じだろうなぁ。頭の中でそんなことを考え感慨に耽る俺。

「うん」

次の瞬間、アーサーの動きが光のように速くなった。

「え!?」

◆

アーサー。この名前とキャラのビジュアルを『円卓英雄記』というノベルゲームを知っているなら誰もが知っている。トゥルーという主人公と並ぶ、メイン主人公の一角だ。このノベルゲームは円卓、つまりは誰もが平等であり主人公であるというメインテーマが隠されている。

無論、だからと言って全てのキャラに途轍もない程のエピソードを用意することは出来ないので、あくまでアーサーとトゥルーがメイン主人公、その他にサブ主人公が存在する。

そして、サブ主人公にはダウンロードコンテンツで補填などをしてさらに深掘りしていって物語は更に深みを増すという感じである。

メイン主人公は二人しか存在しない、それがアーサーとトゥルーという存在である。『円卓英雄記』という物語は特にこの二人にフォーカスを当てており、大体がこの二人の視点で物語が進む。

このゲームではキャラのビジュアルがヒロイン、仲間キャラ両方ともに素晴らしく、キャラコンテンツとしてグッズ展開もフェイの前世では盛んであった。キャラ人気が凄いゲームであったが、その中でも永遠に人気投票で二位という不動のポジションを獲得しているのが、アーサーという少女である。

だが、このアーサー……色々鬱な過去を抱えており、あまり人との接触に慣れてはいない。なので、この円卓の騎士団、入団試験という最初の試練では誰に話しかけて良いか、迷ってしまうのだ。

（どうしよう……入団会場、ココで良いのかな？）

キョロキョロと辺りを見渡して、同年代のような子達が集まっているのを確認。盗み聞きをして、ここが会場であると把握したアーサーはホッと一息をつく。

だが、どうしたものか。周りでは楽しそうに笑っている同年代。試験を前にして緊張を互いに解こうとしているようだ。それを見て、少し、悲しい過去を思い出す。今の自分にそんな言葉をかけてくれる人などいない。と気分が沈みかける、だが、頭を振って彼女は気持ちを切り替える。この場は落ち着かない。

どこか、静かな場所を……。

その時、アーサーの眼はとある場所へ釘付けになった。近くにある一本の木。そこには一人の少年が腕を組み、木に寄りかかって眼を静かに閉じていた。

たった一人……静かに静かに、そこに佇んでいる。そこだけ、まるで異界のように切り離された世界であるようにアーサーは感じた。誰も彼もが誰かと話している中、たった一人で風に吹かれている。周りの声に一切流されることも気にかけることもない真っすぐな姿勢。

アーサーはなぜだか分からないが自然とその場所に惹きつけられた。特に何かを話すことなく、木の葉から漏れる僅かな陽光。周りの音が隔絶する。自然と、アーサーは心を許してしまった。

（この人、何だか不思議……ワタシと同じ……異端な気がする……）

チラチラと話した事もない少年をアーサーは見る。だが、少年は一度こちらに気づいてチラリと目が合うがその後は再び、眼を閉じた。

不動、この中でただ一人、孤高であるという事を貫いていた。誰もが試験に不安を感じ、他者との交流を求めるなか、この少年だけは一人、佇む。その姿を見て、アーサーは凄いと素直に感じた。

（凄い……ワタシにも、これくらいの精神力が欲しい）

アーサーにとって、一番の欠点、最大の弱点と言えるのは精神のもろさであった。それを彼女は自身で理解していた、ありとあらゆる才能を持っているアーサーであるが、精神力だけはどうしても持ち合わせない。

（どうすれば、こんな風に孤高になれるんだろう……秘密を聞きたい）

（名前はなんていうのだろう。この人も独りぼっちだし、お話ししたい）

自然と疑問が浮かんでいく。彼女は精神力の強さを聞きたい。そしてボッチなので同じボッチを見つけてちょっと嬉しかったりもしていた。ボッチ同士仲良くしたい心理も実は彼女の中には存在した。話しかけようか彼女は迷った。

だが、結局話しかけられないまま、時間は過ぎていき、試験責任者の聖騎士が現れる。そこで試験の概要を聞く受験者たちは一気に気が抜けた。なぜなら、絶対合格と言われたからだ。

(なんだ……そんな簡単なんだ)

アーサーも最初は気の抜けた考えであった。だが、目の前の少年は一切、そのような事はなく、顔を先ほど以上に引き締め、眼光を鋭くした。

(どうして？　試験は絶対合格のはずなのに……)

そうだ、話す話題が出来たと。アーサーは少年に語りかける。

「ねぇ」

「……」

(聞こえていない？　他がどうでもよくなるくらい集中しているのかな？　それとも無視してるのかな？)

「貴方に話しかけてる……」

「俺か」

「そう……逆にあなた以外に誰が居るの？」

「そうか……それでどうした？」

(えっと、えっと……必ず合格で、そんな集中する必要ないのに、どうして、そんなに強張った顔をして、眼光を鋭くして、集中しているのですか……？　ちょっと長いかな？）

（いきなり、あんまり長く話しかけたら変な風に思われるかも）

頭の中で脳をフル回転させる。

（えっと、手短に話した方がいいよね？　試験前にあんまり時間を取るのも悪いし……）

悩みに悩んで、彼女は言葉足らずの結論を出した。

「どうして、そんな顔してるの？」

「どういう意味だ？」

（あ、伝わらなかった。もっとちゃんと言わないと）

そう思い、今度は長めの説明をする。すると、少年はごく自然に、それが当たり前であると言わんばかりに結論を語った。

「お前は何を当たり前のことを聞いている？　常に己を超さねば成長はない。ただ、それだけだ」

（……凄い。そんな風に日頃から考えられるなんて……でも、その考えはきっと異端。ワタシと同じでやっぱり独りぼっちなんだろうなぁ……）

（もしかしたら……ワタシと彼なら……友達に……）

淡い想いが、同族に対して湧いた。一人を寂しく思う少女《アーサー》と孤高で誰も寄せ付けない少年。

（これほどの高尚な考えを持っている人がこんなに真剣になるなんて……何かわけがあるはず……あ……）

そうだと彼女は思い返す。あのマルマルとかいう男は全員合格であるが、結果に優劣が無いとは言っていない。

(凄い、あの僅かな言葉からここまでの結論をはじき出すなんて……)

アーサーは素直に彼に気づいていたのかと問いをした。

「その裏の評価項目に最初から気付いてたんでしょ?」

「……フッ、当然だ」

当然であると。彼は答える。そこに嘘はなく、過大も過小もない。ただただ、これは普通の事であると心の底から思っているようであった。

(きっと、普通の人とは、成功とかの基準が違う……周りから見れば及第点をこの人は許さない。常にその上を及第点としているんだ)

(名前、なんて言うんだろう)

(フェイ……良い名前……)

(ワタシと組んでくれるかな?)

(やった)

この日、本来ならばメイン主人公格であるトゥルーとアーサーが邂逅を果たす試験であった。一人きりのアーサーに噛ませキャラのフェイが声をかけ、それを見たトゥルーが止める。

そして、アーサーとトゥルーが二人組となるはずだったのだ。

だが、トゥルーはフェイに恐怖を感じており、近づきたくない。そして、分岐としてアーサー自らフェイに近づくという特異な事となってしまった。これは後々、大きな波紋を呼ぶことになる。

この日は大きなターニングポイントとなる。

そして、ここでトゥルーがアーサーに話しかけない事により、トゥルーのアーサールートが消えた日でもあった。

第四話　俺は主人公なんだ、誰が何と言おうと主人公なんだ

アーサーは馬鹿みたいに強かった。いや、強いとか、そういった次元じゃない気がした。

木の剣は、まるで鞭のように形が変わっていた。ブレブレで原形などを見ることは出来なかった。

二年間、俺が必死こいて頑張ってきた努力は全く、このアーサーという少女には通用しなかった。

剣ははじかれ、ブーメランのように宙を舞う。

え？　なんなん？　こいつ……。滅茶苦茶強いんだが……。馬鹿なん？　馬鹿なのか？　馬鹿強い。凄いムカつく。何がムカつくって、こいつ一度も俺の体に剣を当てないのだ。

剣をはじいて、早く拾ったら？　みたいな顔するし。気付くと周りの受験生も俺の無様な姿を見て笑っていた。そんな風に見られたら悲しいよ!!

でもな！！！

——お、俺は主人公なんだ、誰が何と言おうと、笑われようと主人公なんだ。

だから、諦めない。絶対、覚醒とか、なんやかんやあって、俺が勝つ。

あ、また、剣がはじかれた。

「……どうして、そんなに不細工なの？」

「……どういう意味だ」

「そのまんまだけど……？」

首をかしげて、可愛い子アピールをしながらとんでもないことを言ってくるバカ。

美人だから余計に腹が立つ……こいつ。マジでぶっ飛ばす。俺にも主人公としてのプライドってもんがある。

「まぁ、いい。まだ、続けるぞ」

「うん」

強いのはコイツだ。だが、なんだかんだで俺が勝つ。

「……もう、終わりにしよう……だって、見てられないから、フェイの事」

こいつ、どんだけ俺の事煽るんだ？　アーサーとかいう大層な名前だけどさ。うわぁ、こいつ美人の癖に嫌みとか言ってゲームプレイヤーからヘイトを買うクソキャラだったのか。何かビジュアルが良いだけ、残念。

でも、強さは相当だ。うーん、だとすると、こいつは俺の生涯の敵みたいな感じか？

性格の悪いライバルキャラってよくいるしな……。あぁ、そんな感じだろう。最初は主人公を見下しているが、徐々に主人公の強さを肌で感じて、改心するみたいな。

だったら、納得だ。

「もう、終わり……」

終わり終わり、五月蠅いな。終わりかどうかは俺が決めることなんだよ！　俺は突進した！　そして、もう一度、剣を振り上げた。

完全に舐めプのコイツは、もう剣を構えるのではなく、ただ、持っているだけになっている。

舐めプしているこいつの首に剣を当てて、後悔させてやるぜ。

そう思って剣を振る。すると、彼女は驚いたような表情で俺の剣を先ほど以上の速さで剣を振るい、はじいた。物凄く速い一撃。俺でなくても見逃していた。

え？　こいつ、マジでやばい……眼の前の一撃に思わず目を疑う。俺とあいつ、両方の剣が壊れていた。

え、えぇ……ちょっと、オーバーキルすぎん？　これ、返さないといけないんじゃないの？　人から借りたのを壊すって……まぁ、ファンタジーの演出としては良い感じだし、カッコいいし……いつか、俺もやろう!!

そう思っていると。

「はい。そこまで……試験は終了。全員合格だから、木剣返したら帰っていいよ。その後の連絡は梟が行くから」

何てことだ……。一度も良いところを見せることが出来なかった……。クソ……。

周りの奴らも俺の事を笑っている。だが、これは最初は落ちこぼれだが、後に英雄となるパターンだ。あるあるだからな、今回は退いて、トレーニングを積んでやる!!

そう思っていると、アーサーが近寄ってきた。

「ありがとう……勉強になった」

「……次は倒す」

勉強ってなんやねん。やっぱり性格悪いライバルキャラか。

捨て台詞を吐いて、その場を俺は後にした。くそ、覚えていろよ。アーサー。この屈辱はいずれはらすぞ。

性格の悪いライバルキャラが強いのは最初だけだからな!!

あ、木剣の事はどうしよう。

◆

アーサーという少女にとって、それは驚きであった。高尚な魂を持つフェイならば、その剣の実力も相当のものなはずと考えていたからだ。一度、突進して剣をはじいてそこからは首を傾げることが止まらなかった。

フェイの剣術はお世辞にも優れているとはいえず、一体どこの流派なのか、我流なのか分からないが、それはまさしくアーサーにとって期待外れ、と評価するしかなかった。

(全然、強くない……剣術もハチャメチャ……。あれだけの優れた精神力と洞察力を持っているというのにどうしてなんだろう?)

(体に当てるのは可愛そうだから、剣をはじくだけにしよう)

(うーん、本当に変な剣筋……誰でもある程度誰かに剣の教えを請えばそれなりになるのに……)

疑問は重なり、アーサーは正直に聞いてみることにした。

(えっと、どうして、そんなに剣筋がオカシイって、聞けばいいのかな? あー、えっと、うーんと……短くて長々しくない感じだと)

(どうして、そんなに素晴らしい精神力を持っているのに剣筋が不細工なのか、ワタシは彼に問いたいから……つまり……)

頭の中で的確に質問しようと彼女は頭を絞る。長すぎるとウザイと言われてしまうので最適な分量で聞けるように言葉を紡いだ。

「――どうして、そんなに不細工なの?」

残念な事に彼女にはコミュ力がない。いくら頑張っても、妙な言い回しをしてしまう。それがアーサーという少女である。案の定、フェイも怪訝な顔になる。

「……どういう意味だ?」

「そのまんまだけど……?」

「……まぁ、いい。まだ、続けるぞ」

「うん」

(教えてくれなかった……でも、そんなにまだ親しくないから仕方ない)

その後もアーサーは彼の剣をはじき続けた。強くない、格下。だが……それでも食い下がってきた。

（諦めない……）

アーサーもどこかで彼が手を緩めると思っていた。だが、そんなことはなく、寧ろ剣の覇気が増しているとすら感じるほどだ。これほどアンバランスな剣士は彼女にとって初めてだった。

彼は直ぐに剣を取る。はじかれても、はじかれても、その度に剣を取る。その度に、彼が、フェイという少年が強くなっていく気がした。

それに目を見張る。逸らすことは出来ない。逸らしたら自分《アーサー》は負ける。そんな気がしたからだ。

「クスクス」

「なにあれ」

「弱いな……星元《アート》すら使えないのか？」

星元《アート》、言い換えれば魔力のようなもの。超常的な現象、魔術を引き起こすために必要な概念であり、それは誰にでも宿っている。

だが、アーサーにとって、眼の前の闘争からすればどうでも良い事であった。

（もっと大事な、根源的な力……）

誰かに笑われても、それを気にすることなくがむしゃらに食らい付く、真の戦士の力と姿を見た気がしたからだ。

だが、

（……なんで笑う？　おもしろくない……）

真の英雄《フェイ》の器は気にしなくても、偽の英雄《アーサー》の器は周りの声が気になって仕方ない。自分が魅せられた大切な姿。

それを笑われて、彼女は憤りを強く感じざるを得ない。彼女にとって、それは英雄の姿、そのものであった。何度も何度も、立ち上がり、向かい続ける。

英雄譚の欠片《ページ》をまるで読んでいるような。

――現実は非情である。この世界は残酷である。

彼女はそれを知っている。何処まで行っても強さが全て。精神の強さ、それも大事だ。だが、単純な力、暴力、悪逆非道な研究、逢魔生体《アビス》、大罪人。それに善人が食いものにされる。醜い、醜い世界。

力が全て。力があれば何をしてもいい。全ては力で決まる。

そんな残酷な真実《自分》を綺麗な理想《フェイ》に討ち破ってほしかった。

でも、そんなことはあり得なかった。正直者が、善人が、一生懸命な青年《フェイ》が報われる。そんな世界ではない。理想《フェイ》と現実《理想を笑う残酷》を目の前で見せつけられている。

彼女は理想ともいえる美しい在り方を否定されたくなかった。自分にとって、大切であり理想の姿に見えた。

「……もう、終わりにしよう……だって、（ワタシにとって素晴らしいあなたの姿が周りに穢されるのは）見てられないから、フェイの事」

彼女は、腕の力を緩める。そして、左の菫色の眼に星元《アート》を込めた。菫色の眼が怪しく光る。それは魔眼。

魔眼とは、特殊な能力を宿した眼である。これは先天的な才能によってのみ、開眼することができる。

彼女が持つのは支配の魔眼。星元《アート》を消費することで、目を合わせた相手を操ることが出来る。

理想《フェイ》と現実《アーサー》の目があった。星元《アート》すら使えなかったフェイに勝ち目はない。

これで、ゲームセット。

（残念……こんな形で終わるのは……眠って）

理想は潰えた。

そう、見えた……彼女は完全に集中力を無くし、戦闘モードを解除。完全に気を緩める……。

寸前……。

ゾクりと、彼女の全身の全細胞が大音量で警報を鳴らす。

——死、死死死死死死死死死死死死死死。

完全に臨戦態勢《スイッチ》を切りかけていた。だからこそ、目を疑い、驚きを隠せない。眼の前に、未だに剣を持ち、今まさに、斬りかかる寸前の理想《フェイ》が居たからだ。

（——どうしてッ⁉）

支配の魔眼。これは目を合わせた相手を強制的に操作することができる。簡単に言うのであれば暗示の一種である。

一見すれば、かなり強力であり、出した瞬間に勝つロイヤルストレートフラッシュのようなもの。だが、完璧なものなどなく。どんなものにも弱点とリスク、対策が存在する。

一つ、同じく魔眼持ち。目には目を。そんな言葉があるように、魔眼には魔眼で対策が出来る。だが、これは魔眼同士の相性もある。

二つ、相手が何らかの耐性を持っていた場合。魔眼で操られ続け、耐性が出来てしまう、元から特殊な耐性を持っていた、対魔眼の特殊な道具を持っていた場合などがこれに該当する。

三つ、目を合わせない。目が合わなければ問題は無い。

そして、四つ、魔眼が相手に付与できる暗示以上の暗示に既にかかっている場合。

魔眼とは暗示だ。アーサーの魔眼も最高クラスの魔眼である。そこから付与される暗示は通常の騎士であればひとたまりもなく地に墜ちるだろう。

だが、フェイという少年は自分の事を主人公であると暗示をかけている。彼の人格が変わってから、二年。毎日、自分は主人公であると自分に言い聞かせてきた。それが当たり前であった。

スレ民の暴走を知らない彼は人気投票一位になってしまった自分《フェイ》を主人公だと完全に思い込み、女神にたぶらかされ、それに気づくことはなくその思い込みは止まることを知らず、二年。

その自己暗示は最高クラスの魔眼すらもはねのける暗示と昇華していた。皮肉な事に、剣術と魔術の腕は全くと言っていい程に成長はしていない。剣術の腕だけは彼が噛ませキャラだという存在なので僅かに他よりは上であった。この技術で彼は他の者に喧嘩を挑んだり、同世代を虐めたりできていた。しかし、それは孤児院時代にそういった剣術の本を読む機会があったから。

今、フェイの剣術が上達していないのは、彼が危険な訓練をしないように、危険な道に行ってしまうことを危惧した、マリアが剣術の指南書や魔術の書物を隠したことが影響している。

だが、そんなことは些細な問題だ。今、まさに、フェイの剣はアーサーの首を捉えようとしている。ここまで接近して、完全な不意打ち。

もう、才能、剣術、技能。そういったものが問題になる距離ではない。フェイという異常者はアーサーを捉える……はずだった。

だが、皮肉にもアーサーも異常者であった。圧倒的強者であり常識から外れたもの、空気が裂けるほどの極限の速さ、魔術による自己強化と木剣の強化、己の筋肉をフルに使った。文字通りの本気。緊急脱出のように大急ぎで作り上げられた一撃。それは眼の前のフェイ《死神の鎌》の剣を砕き、生命を確保するための本能によって為された行為。木剣同士が激しく交差する音がその場に響いた。そして、静寂が訪れる。

それによって、フェイの剣は……宙を舞った。

互いに木剣の形が失われた。フェイの剣はアーサーの剣の一撃によって砕け散り、アーサーの剣も無理な強化によって砕け散った。

（……あり得ない。ワタシが……本気を引き出された）

眼の前で起こった奇跡。彼女はそれに放心状態であった。明らかに自分の方が強者。だったというのに、引き出された。

自分で引き出したわけではない。眼の前の騎士によって、無理やりにそれを引き出された。前者と後者では明らかに成しえた事柄に差がある。

後者、それをフェイは成し遂げた、格上相手に。

（すごい、すごいすごいすごいすごいすごい！！！　何がどうなったのか、全く分からないけど!!）

感動に近い感情の嵐。アーサーの心は浮き足立っていた。理想が現実に勝った。いや、食い下がった。引き分けとも評価できるが、彼女にとって今はそれどころでは無い。

（びっくり！　こんな事って！　あるんだ！　力は肉体や魔術だけに表されるものではない!!　精神力……ワタシも鍛えないと……師匠になってくれないかな……？）

嬉しそうに心を弾ませるアーサー。だが、眼の前の少年は悔しそうに拳を握っていた。

（……あれほどの結果を見せたのに……一体、どこまで貴方は底が見えないの……？）

取りあえず、自身の理想の体現。そして、自身の新たなる課題が見つかった事に対して彼女はお礼を言うことにした。

「ありがとう……勉強になった」

「……次は倒す」

ただ、それだけ言って、フェイは去った。その後ろ姿をアーサーは眼で見えなくなるまで追い続ける。

(次は倒す……また会おうってことだよね?)

(またね……フェイ)

心の中で彼女は再会を誓った。

(あ、剣どうしよう)

壊した木剣をどうしようかと今更になって彼女は我に返る。

(フェイと一緒に謝れば……あ、フェイもう帰った……むぅ、ワタシに押し付けて)

少し、膨れ顔。一緒に謝ってくれれば何の問題もないと言うのに。そして、彼女がどうしようかと考えていると、

「あの」

「ん……?」

誰かが彼女に話しかける。アーサーが目を向けると自身と同じ金髪、そして碧眼。顔立ちが整っている少年であった。

「えっと……」

「あ、僕はトゥルー。えっと、君に言いたいことがあって」

「そう……なに？」

「あいつ、さっきまで君が組んでたやつはフェイって言う名前なんだけど」

「うん、知ってる」

「いきなりだが、アイツとは関わらない方が良い……」

「……」

いきなりそう言われた。自身の理想を否定された気分になって、彼女は気分が悪くなる。

「アイツはヤバい。何かは分からないが、アイツはヤバいんだ」

「……そう」

（あなたの方がヤバい気がする……けど）

トゥルーは善行の少年だ。『円卓英雄記』の主人公でもあって、彼の行為には悪意がない。ただ単に、自身が体験した異様な何か、その危険を知らせたかっただけだった。

先程のやり取りを見て、彼女が僅かながら彼と関わりを持ったことに危惧した。ただ、それだけなのだ。

だが、トゥルーという少年に刻まれた恐怖がやり方を誤らせる。いきなりそんな事を言ってしまえば、どう考えても事態は良くならない。

「と、とにかくアイツは、化け物だ。倫理という一線を軽々越えてしまうほどに」

「そう……」

(確かに、あの精神は異様だけど。畏怖するという感覚ではない気がする。この人、眼が節穴なのかな……)

「ん……分かった。覚えておく……覚えておくだけかもだけど」

「そ、そうか」

「ワタシも一つ聞いて良い?」

「なんだい?」

「あの人、フェイは何処の流派?」

「……アイツは独学だ。誰も教える人が居ないんだ。孤児院でも浮いてて、いや、不気味がられてると言うか……」

「……そ。もういい。ありがと」

(そっか、それであれほど。剣術が不細工になって……孤児院でも浮いて……それでも自身を高めていたから、妙な剣のスタイルに……)

(納得した。あれほどの精神力。だからと言って全部が上手くいくわけじゃない。日々積み重ねて、回り道をしているのか……)

(そして、ワタシと同じ……一人。同じ孤児院の子にここまで言われてしまうなんて)

彼女はちょっとだけ同情をした。

（フェイ……また会えたら、友達に……）

彼女は思いを馳せた。トゥルーは心配そうに彼女を見つめる。そんな彼女達を試験官の聖騎士であるマルマルは目を細めて眺めていた。

第五話　マルマル

聖騎士マルマル。五等級聖騎士であり、ベテラン聖騎士でもある彼は入団試験の責任者である。今回責任者という大役を任された彼であるが、彼の口調と顔つきは緩い。だが、それと相反するように心中では注意深く受験者を見るように心掛けていた。

いつもと同じ、いつもと同じように真剣にやるべきことをやるのだと。ただ、それだけ。それが世界をよくすることに繋がると信じているから。表向きは普通の試験、裏の評価項目は、どれだけ、緩い試験でも己を律せられるかという項目を特に注意深く見ていた。

試験の内容を伝えて、数秒。

「なんだー」

「楽勝か」

「手抜こう」

殆どが一気に気を抜いた。戦場では終わったと思ったら、不意打ちされてしまうパターンもあり、それで死者も出ている。だからこそ、全てを疑う事をまずは試していた。

（……どうやら、今期の中ではこの項目に気づいた者はいないみたいだね）

周りでは既に談笑を始めている聖騎士の卵が見受けられ、僅かに期待外れな気がした。過去の試験ではもう少しだけましな生徒がいたはずだった。

（僕たちの世代では気付いていた奴も、それなりに居たんだけど……マリアとかね）

彼の頭には僅かに金色の少女が浮かんだ。真っ黒な感情でただ力を求めていた復讐者《アベンジャー》。過去のマリアは復讐の為、どんな時も力を求めていた。だからこそ、手を抜いて良いような場所でも己を高めようと剣を振った。彼女のようにどんな場所でも力を求める猛者はそうそういるはずがない。あれは例外だったなと彼は心の中で思った。

（あとは、聖騎士の心構えがしっかりしている者は気付かなくてもそれなりに振る舞うが……まぁ、それはこれからかね）

少しガッカリもした。だが、別にそこまでその項目を気遣うつもりもなかった。気付いた者が居ないのであれば、あとはラフな感じであるが単純な剣の打ち合いなどを注意深く見て、順位を付けるだけ。

聖騎士団は人員が不足している。使える者を選別するのではなく、使えるように育成するという方に方針を定めている。だからこそ、全員合格。仮入団させ、そこから厳しい育成をすれば問題は無い。

そう、例外はあるにしろ、実力はあとから嫌と言う程つけさせれば問題は無い。この試験で重要なのは。

(注意深く物事を認識する観察力、そして、周りに流されない判断力……強靭な精神力を持っているという事。まぁ、精神論だからかなり難しい議題ではあるんだけど)

鉄を叩けば伸びるように、体も鍛えれば伸びる。だが、精神面は叩き過ぎれば折れてしまう事もある。精神だけはそう簡単に鍛えられない。

完全なアウェーの空間。この中でそれに気付けた者だけが、どんぐりの背比べの評価の上に行くことが出来る。

仮入団してから、誰も彼もが嫌になるほどの訓練をする。その中でも、さらに上、公表はしないが一部仮入団者は特別部隊として訓練を受けることになる。あまりに想像を絶するので、そう簡単に騎士の卵を入隊させ潰すことはできない。

だが、強靭な者達。彼らだけは期待と言う名の地獄を味わうことになる。

(今期は居ないか……しょうがない、星元《アート》とか、剣術を見て判断を……あらら、いるね、気づいている奴が)

一人だけ、一切表情を崩さずに自身の話を聞く男。その男に感化された金髪の少女、そして、そんな彼を注意深く見ていた金髪の少年、そしてもう一人の目つきが鋭い赤髪の少女が何かに勘付いたようだ。

(最初に気付いた、あの子は……確か、フェイだったか？　マリアの孤児院の……)

マルマルの頭には再び嘗ての記憶がフラッシュバックした。マリアとの入団試験、ここで交戦したことを。

マルマルとマリアは同期であり、正しく二人は特別部隊として上位に入った。それはマリアが異様な価値観で力を求めて、襲い掛かってきたからだ。あの時の彼女の深淵のような目つき、恐ろしい程の集中力。

それがあの少年の研ぎ澄まされた集中力に酷似していた。

（復讐者《アベンジャー》といわれたマリアに、あの子は重なる）

何度も何度も、食らい付く。そのフェイの姿に幼い時のマリアを重ねていた。自分と彼女はまさしく死闘を繰り広げたのだ。何となくで合格と言われたのに、マリアはそれを許さず、自身に剣戟を繰り返す。

マリアとフェイ、その二人を知るマルマルにとって、二人は同郷の人間に近い感覚を得た。ほぼ同じ、唯一違うのは、剣戟にキレがないという事だけ。全くと言っていい程にフェイの剣技は話にならなかった。反対にアーサーという少女の剣術は、他の者よりも上位であると断言できるほど精密で美しく力強かった。対極的な二人の闘争は進み、結局アーサーが必死の一撃をも凌ぐ。

（優れた精神を持っているが、それを生かす技能がない……。独学？　マリアが教えたりはしなかったのか？）

フェイのアンバランスさを見て、疑問を抱くマルマル。だが、その後のアーサーとトゥルーの話を聞いて、納得した。あのマリアが独学を許すはずがない。一人にさせることはない。

だとするなら。

(なるほど……マリアらしい。完全な独学をさせることで……仮入団の期間を長くするつもりか)

騎士団は受験に合格を出したからといって、いきなり前線に引きずり出すことはしない。ある程度の実力を仮入団で付けさせ、そこから初めて十二等級を授け、その実力にあった任務につける。

(実力の無い者は多大な育成期間を過ごすことになる。マリアは少しでも前線に送るのを遅らせたかったというところか)

(そして、独学の者は高確率で妙な癖がつく。その癖を改善するとなれば更なる時間もかかるだろう)

フェイはなんかカッコいい剣術をしようと適当に剣を振っていたので、妙な癖がついてしまっている。それを知らないマルマルだが、フェイの剣術が癖だらけだと見ていて感じていた。

(そして、あの戦闘を見て僕も感じた、あの子は引くことが出来ない。引き下がれない、嘗てのマリアと同じで死ぬか、倒すかそれしかない)

(細い糸を渡るような生き方をしたマリアには分かったのだろう。根は自身よりも深いのだから。道を変えるよりも、道を遠ざけることにした。無論、彼女は変えることも諦めるつもりは無いだろう)

取り返しがつかなくなる前に、道を変える為の時間稼ぎの一環として、マリアは指南書を隠し、人と接する時間を多くしてきた。そして、それを嘗ての同期であったマルマルは簡単に推理できた。

(マリアには分かった、このままではあの子の行く末は二つに一つ。あっけなく死ぬか、食い下がり一人の道を歩き続けるか)

マルマルもさて、どうするかと頭を悩ます。マリアの意図を酌んで、彼の特別部隊入りを無しにするか。それともあの魂の輝きを信じるか。誰もが気付かなかったあの試験、一人だけ誰よりも先に気付いて他に影響を与えた少年。もしかしたら、彼が気付かなくても別の誰かが気付いたかもしれない。しかし、あの一瞬の判断力、常にアンテナを張り続ける集中力を彼は高く評価した。

フェイという少年は特別部隊に入れる精神力は持っている。あそこで耐えられる精神も持っている。どの程度の時間がかかるか分からないが、あそこから出ればフェイという聖騎士は前線を駆け回り、危険な任務に身を投じる確率も高くなる。

それとも普通の仮入団部隊に入れるか。こちらでも彼はきっと耐えるだろう。無論、特別部隊よりは育成も遅くなる。こちらはマリアの意思を酌む。マリアも何とか、仮入団の間にフェイの気持ちを改善させたいと感じているはず。

(後者はない……すまないマリア。僕は見てみたいんだ。あの子がどんな聖騎士になるのか)

意を決し、マルマルはフェイを特別部隊に推薦することに決めた。

(アーサー、トゥルーこの二人も素晴らしい実力と才能を持っている。正統派の騎士。この二人からも僕は何かを感じた。だが、僕は……フェイにもそれ以上に何かを感じてしまった)

(この世界は、昔から変わっていない。僕は変えてほしいんだ)

人が当たり前のように死んでいく。マルマルという聖騎士もかつては家族を失い、その悔しさをバネに聖騎士の道を進んできた。

だが、自分という力はちっぽけで世界は変わらない。どうか、変えてほしいと願っていた。

（この世界を変えるのは、正統か、狂気か……見せてもらう）

マルマルは自身の試験結果表に記述をした。

アーサー、トゥルー、ボウラン、そしてフェイという四名を特別部隊にすると。

◆

試験が終わってから数日が経過した。俺は特にいつも通りに剣を振っていた。すると、何やら、梟が俺に手紙を届けてくれた。おー、嬉しいなぁ。この世界では特殊な訓練をされた梟が郵便物を届けてくれるらしい。

凄い、どういう仕組みかは全く分からないが……。一体全体どんな訓練をなされた梟なのか気になるが……それよりも気になることがある、そう、試験の結果である、というわけで手紙を開けていくぜ！！！

『フェイ殿。この度、貴殿が円卓の騎士団、仮入団聖騎士として任命されたことを通達致します。よろしくお願いします……』

ふむふむ、まぁ、合格か、当然だが。逆に俺が不合格だったら物語終わってしまうからな。

でも、実は普通に嬉しかったりする！　勝利のダンスでも踊りたいが、クール系の主人公はそんな事しない。偉そうに淡々とするのが基本。

俺は孤児院の一室、いつも孤児たちと一緒に食事をする場所で手紙を開けて読んでいた。すると、ドアが開いて、マリアと眼を閉じている子が入ってくる。

「あら、フェイ。それ合格通知？」

「あぁ」

「ふぇい、すげぇぇぇ！」

「フンッ、この程度、騒ぐほどではない」

この眼を閉じている、いや、眼が見えない男の子。レレという子だが、何故か懐かれている。基本的に孤児院の連中とはあまり接する機会がないが、この子とマリアだけは例外であり、ちょくちょく話しかけてくる。

二年経って、この二人しか話す人居ないって……全くと言っていい程に問題はないね!!　クール系主人公は無口だからな。誰かと積極的につるむとかしないだろう。

「ふぇい、てがみよんで！」

「仕方ない……フェイ殿。この度……」

仕方ないから、読んであげた。こういう時、流石の翻訳機能も働かない。まぁ、当たり前だよね、手紙を読んでる時すら勝手に翻訳されたらちょっとおかしいよね？

『フェイ殿。この度、貴殿が円卓の騎士団、仮入団聖騎士として任命されたことを通達致します。

よろしくお願いします……』↓この俺に対して円卓の騎士団の、仮入団を許したか、まぁ、宜しくしてやっても良いがな。とか言い始めたら流石にそれは引くわ。

　合格通知を読み終えるとレレはおおと声を上げる。

「すげぇな！　おれにも、なれるかな？」

「……俺に聞くな。お前次第だ。それを掴めるかはお前の覚悟にかかっている」

「うん！　がんばる！」

　実はレレは眼が見えないらしいが、俺からすればそれは別に聖騎士になることを否定する材料ではない。俺は常に客観的な評価を下す。

　そうすると嬉しそうにきゃっきゃと騒ぎ出す。子供の無邪気なところは嫌いじゃない。

「ありがとう、フェイ」

「なにがだ？」

「あの子は眼が見えなくて、自分を諦めている子だったから」

「……俺は何もしていない。同情も、手助けも。ただ、俺は思ったことを言っただけだ」

「そう……聖騎士……大変だから……頑張ってね」

「あぁ」

「帰って来てね。ここに」

「出来る限り。約束は出来ん」

「うん……今はそれで」

まぁ、俺は主人公だから遠征とか、特別任務とか命じられて色んな所行くだろうしな。出張が多いんだよね、主人公という存在はさ。だから約束はできない。俺はあまり虚言を吐かないのだ！

しかし、マリアに言われ、改めて実感する。仮入団とは言え聖騎士になるのか、俺。本当は円卓の騎士団の宿を使わせてもらおうと思ったんだけど、マリアが帰って来てほしいと言うから、ここで過ごすことにした。よくよく考えたらマリアはヒロイン疑惑もあるし、もっと注意深く見ておかないといけないしな。

「ふぇい！」

「ん？」

「さきにいってて！　おれもきしになって、おいつくから！　そして、おれがふぇいをこえるきしになって、こじいんのみんなとふぇいもまもる！」

「……出来るなら、やってみろ、先に高みで俺は待つ」

もしかして、フラグか⁉　いつか、あの時の約束を果たしに来たぞ。みたいな展開になるのかな？　レレ良い奴だからそうなったらそうなったで面白い。未来にちょっとだけ楽しみが出来た。

◆

レレという少年にとって、全てを失ったのは三歳の時であった。どこにでも居る普通の少年。普通の村で、普通の両親、普通の友達に囲まれて彼は幸せだった。二歳という年は丁度物心がつき始めた頃であったが、自然と彼は自身が恵まれている幸せ者だと感じられ、全てに感謝をしていた。しかし、三歳の時全てが変わった。逢魔生体《アビス》に襲われ、何とか奇跡的に彼は生き延びたが眼を失った。それだけでなく村も、友達も、大事な両親も失って、真っ黒な空間に一人だけになってしまった。そんな彼を引き取ってくれたのがマリアであった。とある聖騎士によって保護された時には独りぼっちだった彼に、マリアは孤児院で一緒に暮らさないかと提案し、親のように愛情を向けた。最初は両親の事しか考えられず大泣きしていたレレであったが、次第にマリアと優しい孤児達に囲まれた生活で心を開いていった。だが、レレの眼は失明しており、真っ暗なのは変わりない。

真っ暗で何も見えない生活だが、満足していた。シスターの声は優しくて、誰もが手を取って導いてくれる。

不満はない。でも、少しだけ寂しくもあった。皆優しくて、過保護だった。それはありがたいことでもあったけど、同時に自分は人の手を借りて、生きていくことが定められていると幼い心ながらに感じていたからだ。自分だけが周りより劣っていて、一緒の遊びが出来ない。鬼ごっこもレレが孤児院に来る前までは皆でしていたらしいが、レレが出来ないからこの遊びはもう止めておこうと気を使われた時も申し訳なさと寂しさを感じた。幼いながらもレレは色々と考えていたのだ。

誰にも言えないがレレの夢は聖騎士になる事。だが、それを言ったら危ないからやめた方が良いと他の孤児に言われ、料理も危ない、一人で歩くのも危ない、あれも危ない、これも危ない、と言われる。そこに悪意はない。善意であり心配をしてくれているだけなのだと知っている。

——だけど、遠回しに全てを無理と言われている気がした。善意しかないのに、どこか苦しかった。

そんなとき、あることに気づいた。この中で自分に一切手を貸さない人が居ると。

フェイ、という孤児の少年である。姿は分からないが声は少しだけ聞いたことがあった。孤児院の嫌われ者。相当悪い奴だ。いつもトゥルーが懲らしめているのも聞いていた。トゥルーはレレを特に守っていたので、一度も何かをされたことはない。だから、言ってしまえば他人であった。

そんな他人の彼は昔はあくどい事を沢山してたけど、話によると、最近はいつもいつも剣を振っているらしい。そう聞いた。

ずっと、フェイに聞いてみたいことがあった。以前から聞きたかったけど、フェイは危ないから近寄らない方が良いと他の孤児に言われ、近づけなかった。

だが、最近は大人しいらしいので、レレは好奇心に任せて足を運ぶ。壁や色んな所に手をやりながら、ゆっくりおぼつかない足取りで彼の元に向かう、彼が剣を振る庭の一角。近づくほどに剣を振る音が鼓膜に響いて、大体この辺かな？　と思う所で足を止めた。

「あ、あの」

声を出すと、剣を振る音が止んだ。そして、いつものような優しい声ではなく鋭い声が聞こえる。

それに一瞬だけびくりとした。

「なんだ？」

彼の声音が少し怖くて頭の中の言葉が少し飛んだ。

「えっと……」

「……」

「どうして……」

「……」

怖かった。だけど、じっと黙って待っていてくれるのに気付いてゆっくりとレレは言葉を発した。

「どうして、どうしてぼくにやさしくしないんですか？」

それは、子供だから聞いてしまった純粋な疑問。不満とかではなく、ただ、純粋にどうして、この人は皆と違うかを知りたかった。

「なぜ……か（え？　急にそんな事言われてもな……レレには常に周りに人が居て、俺は主人公オーラで避けられていて近づきにくいから、そもそも優しくするも何も無いんだが）」

「……」

「……する必要がないからだ（常に誰かと支え合ってるし、俺はオーラが強いからな。無理に入ることでそれを壊す必要はないだろう）」

「……！」

その返答は新鮮であった。別に卑下をしているわけではない。だが、不思議な感覚だった。

レレは何かが変わる気がした。守る対象で保護をすべき対象でなく、対等な関係として見られている気がしたからだ。孤児院の子達が嫌いになったわけじゃない。

ただ単に新鮮だったのだ。

だから、この人は何て言うのか気になった。他の孤児院の子達が無理と言った事に対して。

「ぼく、ゆめがあるの……」

「そうか」

「でも、ぼくはめがみえないから」

「……だから？」

「むり、かな？」

「さぁな、お前の事だ。俺にそんな事分かるはずもない」

「そっか……ふぇいにはゆめがある？」

「……ある、と言っておこう」

「それって、むずかしい？」

「そうかもな」

「むずかしいのにあきらめないの？」

「諦めるか……俺には諦める理由を探す暇はない。誰に何を言われようと俺は俺で道を切り開く。それだけだ」

そう言って、それ以上彼はもう、何も語らなかった。話は終わりだと言わんばかりに再びレレの耳には剣を振る音が聞こえてきた。暫くレレはそこにいた。

ずっとレレの耳には、剣を振る音が聞こえる。

もしかして、彼は自身に何かを示して、同時に励ましてくれたのではないかと思った。僅かに、レレは彼の小さな小さな優しさを感じた。きっと、普通だったら気付くはずのない砂粒のような優しさ。だが、レレはそれに気づくことが出来た。

ずっと暗闇に居たからこそ、その僅かな小さい光《やさしさ》に気づくことが出来たのだろう。

この時から、レレにとってフェイは何とも言えない兄のような、何かを感じることとなる。

そこから、話す機会が多くなったわけではない。だが、レレは偶にフェイに話しかけるようになった。

ただ、それだけの話だ。

第六話　たかが石ころ

朝の日差しが寝ている俺を照らした。その明るさに目を覚ます。孤児院の自身の部屋にあるベッドから体を起こして着替えを済ませる。

日課のトレーニングの為に庭に出る。素振り、反復横跳び、筋トレをこなす。朝は多少涼しいからトレーニングが捗って気持ちがいい。

二年間、朝のトレーニングは毎日欠かさず行う事にしてきた。主人公だからだ。日々の積み重ねは大事。

当たり前のことだ。二年間もやり続けてきたからか、俺の体も大分引き締まっている。二年前よりは格段に強くなっているだろう。無論、これからも成長していくがな。

体が引き締まっているし、ポージングとかすれば絶対に絵になるやつだな。これは。そんな事を考えながらトレーニングを済ませて、布で汗を拭う。汗が風に微かに乾かされる涼しさは心地が良い。

それが終わったら、朝食をとるために食堂に向かう。孤児院の子達は全員同じ時間に同じものを食べる。

席は自由で、俺はいつもと同じように端っこに座る。大体、俺の側には誰も座らないのだが、偶にレレとマリアが座る。今日はその日のようだ。

俺はいつもよりも多くご飯を食べる。今日から円卓の騎士団、仮入団団員として活動を開始するからだ。ちょっとワクワクしている。遂にこの日が来たのだ。言ってしまえば伝説の幕開けである。

ふっ、一体全体どんなことになるのやら楽しみだ。

「ふぇい、きょうから、えんたくのきしだん、かりにゅうだんなんでしょ？」

「あぁ」

「きゅうりょうももらえるの？」

「そうだな」

「ぼく、けんがほしい！」

「……俺に給料入るまでに何か出来るようになっておけ」

「そしたら、かってくれる？」

「……あぁ、だが勘違いするな。それを手に入れられるかはお前次第だ」

レレは素直で可愛いなぁ。しょうがないから給料が入ったら剣を買ってあげよう。マリアにやったぁと喜びの声を向けているのも可愛い。そして、マリアも可愛い。

二人のベクトルの違う可愛さに癒されながら、俺が優雅に食事の時間を過ごしていると、

「ちょっと、私がトゥルーにするのよ！」

「わ、ワタクシですわ！」

「ふ、二人共落ち着いて」

朝から騒がしい声が食堂に響いた。二人の女の子の声とトゥルーの慌てるような声。これは毎朝の恒例のような現象である。金髪に碧眼のツンデレ系の少女、レイ。お嬢様口調で青髪青眼のアイリスが、どちらがトゥルーに朝ごはんをあーんするかでいつもの激闘を繰り広げていた。ツンデレのレイはトゥルーとは同じ村で幼馴染らしい。一方でアイリスは元はどこぞの貴族の娘だったとか。あーんしてくれる女の子ね……。

……俺にもああいうのがいつかあるのかな？　そういう展開。

それにしてもトゥルーって、噛ませっぽいのにヒロイン枠みたいなのが二人も居るんだよなぁ。

まぁ、俺にもいつかできるか。こんなこと深く考えるのは止めて、ご飯をよく噛んでちゃんと消化する事に集中しよう。今日は騎士団に所属して初めて活動する大事な日だからな。

朝食を終えて、身支度を整える。そして、孤児院を出る。

「ふぇい、がんばれー」

「いってらっしゃい」

俺の見送りはレレとマリアだけだ。トゥルーは他の孤児達からの激励の言葉を聞いており、まだまだ出発に時間がかかるようだ。ふっ、お先に失礼するぜ。時間に余裕を持って意識高く行動しよう、主人公だからな。

さてさて、二人から見送られた後、王都ブリタニアの景色を楽しみながら目的地に向かう。この国はレンガで造られた家が多く、二階建ての家もあるが大体のそういう家は商人の物らしい。出店とかも多少あり、活気がある。宿屋とか意外と店の種類が多いのが特徴である。平民の人は普通の感じの地味な服だけど、偶に豪華な服を着ている者が居る。あれは貴族か？　一応聞くところによると封建制度らしいけど、主人公である俺が貴族と関わるイベントもありそうだな。

クールに歩きながら、目的の場所に足を進める。そこは騎士団本部より少し離れた場所であり空地のように僅かな雑草と特徴的な三本の木。それだけしかない。到着するとまだ誰も来ていなかった。

俺が一番乗りか。あ、ふてぶてしく遅れても良かったかもしれない。遅れてやってくるのも主人公っぽいよな。

いや、集合場所に遅れるっていうのもそれはそれで……良くないような。やっぱり一番に来た！一番っていうのが大事なのかもしれない。主人公としての集合の仕方について悩んでいると、以前どこかで聞いた声がした。

「あ、フェイ。久しぶり」

「……アーサーか」

「一番乗りなんだ」

「あぁ」

アーサーが来た。やっぱり美人だな。性格はこの間悪いと分かったけど。彼女のビジュアルの良さに少し感心をした。その後、アーサーと話をして時間が経過すると、トゥルーと二人の女の人がやってくるのであった。

◆

アーサーが仮入団団員として最初に活動するための目的地に到着すると、既に誰かが自分より先に居るのが分かった。三本の木が生えている、その内の一本に背中を預け、腕を組んで、眼を閉じている。

「あ、フェイ。久しぶり」

「……アーサーか」

「一番乗りなんだ」

「あぁ」

沈黙。アーサーもフェイもそこから言葉がすぐには出なかった。当然である、互いに多くを語らない性格。フェイはクール系主人公は口数が少ないと考え、アーサーは単純なコミュ障、この二人から仲睦まじいリア充のようなきゃぴきゃぴした会話が繰り広げられる事などあろうはずない。

しかし、アーサーはちょっとだけフェイとお話ししてみたいなと考えていた。この間は試験の後一人で颯爽と去ってしまったフェイ。そして、独りぼっちな事もトゥルーからの話を聞いて再認識したので出来ればお友達になれればいいなと話題を頭の中で探す。

（……フェイって、何歳なんだろう。聖騎士は十五歳からなれるけど、ワタシは旅とかしてて色々あったから十七歳だし。フェイは雰囲気大人っぽいから実は年上？）

「フェイって、何歳なの？」

「それを答える意味はあるのか？」

「答えられないの？　難しい事聞いちゃったかな？　ごめん」

（言いたくなかったのかな？　折角お友達候補とお話しするチャンス。棒に振りたくはない。相手を不快にさせちゃったらごめんなさいって謝って別の話をしよう。ここはワタシの非を認めて謝罪しよう）

煽っているつもりは彼女には一切ない。寧ろ友達になりたいからと謝罪を検討するいい子なのだ。しかし、フェイからしたら年齢もお前は言えないのかと小馬鹿にされているようにも感じてしまった。

「……十五だ」

「あ、そうなんだ」

（雰囲気が厳格で大人っぽいから、もっと上の年齢だと思ってた）

なんて言おうかなと頭で考える。だが、彼女は極度の言葉足らず。発した言葉がフェイにとってその通りに通じるかは分からない。

「フェイって、良い意味で老けてるよね」

「……さぁな」

明らかに、侮辱でもあるがアーサーは天然なのだ。フェイの内心は嫌みを言われたと感じている。

またしても一瞬カチンときたが表情には出さない。

(ワタシって、子供っぽいなぁ。フェイと比べると)

「ワタシは十七歳だけど、まだまだ、ぴちぴち。フェイと比べると」

「……そうだな」

ぶっきらぼうにフェイは呟く。アーサーは気付かないが、フェイの眉間にはしわが出来ている。

そんなこんなでコミュ障二人だけの時間は過ぎていき、二人だけの空間に新たな人物がやってくる。

「あぁ⁉　んだよ。一番乗りじゃねぇのかよ！　アタシ」

「「……」」

唐突に生意気そうな女の子の高い声が響くと、狂犬のように少女が走りながら現れた。腰まで伸びる綺麗だが猛々しい紅蓮のような赤い髪。眼も燃えるような赤。八重歯が鋭く、雰囲気は荒々しい、自由という言葉が似合いそうな一人の女の子。そんな彼女が二人を見ながら寄って来る。彼女はアーサーを見て、その後にフェイを見た。すると、ハッとして眼を見開きながら指をさす。

「あ！　お前、試験の時の！」

「……誰だ」

「ボウラン！　アタシの名前だ、憶えておけ！　三下！」

「……そうか」

生意気そうな少女はまるでライバル認定するかのようにフェイに指をさして自己紹介をした。彼女の対応をフェイはクールに流す。

彼女は『円卓英雄記』というノベルゲームで、アーサー、トゥルー、とスリーマンセルとして特別部隊で活動をする少女。ボウラン。ガサツな言動が目立つが、鬱ノベルゲーなのでそのうち死亡する少女だ。そして、彼女が来た直後、再び誰かが走ってくる足音が聞こえる。慌ただしく急ぐような足音は三人の前で止まった。

「あわわわ！　すいません！　遅れてしまいましたか⁉」

綺麗な銀髪、それが腰ほどまで伸びている。そして、サファイアのような綺麗な碧眼、小動物のような愛くるしい童顔。アーサーより凹凸のある体。ロリ巨乳みたいな言葉が似合う少女が現れた。

「す、すいません……教師なのに、遅れてしまいまして……」

彼女は慌てた顔でまずは謝罪をする。

「遅れていない……」

教師と名乗る、その白い少女にアーサーがフォローを入れた。すると彼女はほっとしたようでニッコリ安心したような笑顔になる。

「よ、よかったぁ」

「でも、ワタシとフェイはかなり前から待ってた」

「わわわ、ご、ごめんなさい‼」

「別に、謝る必要はない」

アーサーは淡々と事情を話して、落ち着いてもらおうと思ったのだが、逆に慌てさせてしまった。だが、再びフォローを入れる。そして、ボウランは教師と名乗った少女に対して疑問を投げかけた。

「教師⁉　お前みたいな弱そうなやつが⁉」

「あはは……すいません。弱そうで。えっと、ボウランさんに、アーサーさん、そして、フェイ君ですよね？　あと、トゥルー君……はまだのようですね」

教師役という事で全員が僅かに驚く、明らかに教師というよりも生徒のような幼さを感じたからだ。彼女に視線が集まると三度、走ってくる足音が聞こえる。

「あ、誰か来るぞ？」

ボウランが目を向ける。そこには、焦りながらフェイ達の方に向かってくるトゥルーの姿があった。その速さは普通ではなく、明らかに人体的な限界値を超えていた、彼の周りには透明な何かの揺らぎがあった。

「お、遅れてすいません」

「いえいえ、私も今来たところです！　それにしても今の身体強化の魔術お見事でした、トゥルー君」

パチパチと手を叩く教師を名乗る女性。そして、トゥルーが到着したことによって五人が揃った。

――そして、これから『円卓英雄記』の原作シナリオであれば四人だったその場所にフェイというイレギュラーが入った事で物語は大きくねじれていく。

さてと、全員が揃った事を確認すると教師と名乗っていた銀髪の女性が話を始めた。

「自己紹介をしましょう！　私は、ユルル・ガレスティーア、仮入団期間の間、皆さんの教師役として一緒に活動をする十二等級聖騎士です！　主に剣術とか、座学などを教えることになると思います！　よろしくお願いします！」

元気よく声をあげながら自己紹介をした彼女が鬱ノベルゲーといわれる『円卓英雄記』で一番最初に酷い目に遭ってしまうキャラであることを誰も知らない。

彼女の自己紹介が終わると彼女は四人を見た。

「ではでは、皆さんも自己紹介をお願いします！」

彼女にそう言われて、アーサー、トゥルー、ボウラン、フェイの順番で手短に自己紹介をすることになった。知っている者、初めて見る者、さまざまに交錯する。そして、それを終え、ある程度談笑を済ませると、早速教師であるユルルが本題を切り出すように一つの白い水晶を取り出す。

手の平に収まるサイズの物だ。丸い石を全員が見えるように手の平に置いて、水晶の説明を始める。

「自己紹介等も済んだことですので早速、訓練を開始します。聖騎士についての詳しい授業はまた次回に。皆さんは仮入団とは言え、聖騎士として活動をする道を選びました。これは相当な覚悟を持っているからであると私は考えます」

先程までのゆるキャラみたいな、ほわほわした感じとは違い、凛々しくなったユルル。声音も元気一杯な無邪気ではなく引き締まった声に変わる。

「私以外にも皆さんを担当する教師の方々は居ますが、取りあえず、先ほども言いましたが私は主に剣術、座学について、皆さんに指導をします……と、言っておいてなんですが……」

やる気のある真面目な顔から、少し、何とも言えないような顔に変わる。若干苦笑いも交じり、厳しい空気が霧散した。

「私が今手の平に乗せているこれは、皆さんの持つ星元《アート》の魔術適性を測ることが出来る水晶です。まぁ、私は魔術担当ではないのですが……私とは別に皆さんを担当する魔術の先生から事前に測っておいてほしいと言われたので、測りましょう！」

やる気満々といった具合で彼女は水晶をボウランに渡す。ボウランは興味ありげに水晶をこねくり回したり感触を確かめたりしている。

「それを手の平に乗せて、星元《アート》を込めてください！」

「……」

「火、水、土、風の基本属性の四つ。そして誰もが持っている基礎属性の無属性。持っている属性に対応するように、それを連想させるような光がそこから溢れてきます。まぁ、大体の人は無属性にプラスして、四属性の内の一つしか獲得してないんですけど」

ユルルが淡々と説明していく。聖騎士になった者なら、必ず学ぶことになる魔術。逢魔生体《アビス》等と戦うには必須の戦闘スキルと言っても過言ではないそれは、元々学んでいる者、知っている者でも基礎から再び学ぶことになる。

魔術とは星元《アート》といわれる人間のもつエネルギーを媒介にして作り出される超常的な現象。何も無い所から火を発現させ、時には水を生み出す。吹くはずのない場所に風を、異様なほどに土を増やす。魔術はそういった現象を起こすことが出来る。だが、無制限に何でもできるというわけではない。魔術には属性があって、自身の星元《アート》がその属性を持っていないとその系統の魔術は使えない。火の系統の魔術なら、星元《アート》に火属性の適性が、水系統の魔術なら、水属性の適性が必要なのだ。自身の中にある星元《アート》といわれるエネルギーの適性をまずは知る事が魔術を学ぶ第一歩。

「……まぁ、アタシは自分の属性既に知ってるんだけど。折角だから見せてやるよ」

ボウランの手の平の水晶から、淡い光が溢れ出す。一つは真っ赤な炎を連想させる荒い光。それだけではなく清らかな清流を表すかのような水色の光、溌溂とした大地を表す豊かな温かい褐色、そして透明のような透き通る揺らめき、それが合わさって光り輝くのを見て教師のユルルが眼を見開く。

「ええぇぇぇ!? う、うそ四属性持ち《フォース》!? すごいですよ！」

「当然だぜ。アタシは天才だからな！」

そう言いながら不敵に笑って、水晶を返す。返されたユルルは未だ驚愕の表情を崩さなかった。

魔術の適性は誰もが必ず持っている基礎属性と呼ばれる無属性にプラスして、火水風土の基本四属性の内から一つ。合わせて二つの属性を持つのが聖騎士として平均なのである。これを二属性持ち《ダブル》と言い、殆どの者がそうであるのに、ボウランは無属性、火属性、水属性、土属性の合計四つを持つ、四属性持ち《フォース》といわれるたぐいまれなる才能なのであった。とんでもない結果を出した彼女の後にアーサー、トゥルー、フェイは次は誰が測る？　と視線を互いに投げる。

「――俺は最後で構わん。先に行け」

唐突に、フェイがそうつぶやいた。それならと、トゥルーが今度は水晶を受け取る。そして、それに力を注いでいくと。先ほどのボウランとは比べ物にならない程の大きな光が彼らを包んだ。紅蓮の火、清流の水、疾風の風、大地の土。そして、透き通る圧倒的なオーラ。全てが調和しあい、同時に爆発的な迫力を醸し出した。

魔術の適性属性。基本四属性、それに加えて基礎の無属性。合計五つ、全てを持ち合わせる運命的な確率によって生まれる者、それが『円卓英雄記』のメイン主人公であるトゥルーという少年なのだ。

「基全属性持ち《オールマスター》!?　ええええ!?」

「次はワタシ……」

驚くユルルを差し置いて、アーサーがその水晶を持ち、同じように力を加える。すると……二人とは全く違う、光。輝かしく、手が届かない領域の星のような光であった。

これは、先ほどユルルがあげた例のどれとも違う。

「……固有属性《オリジン》。あわわわ、私は何という子達の担当に!?」

ユルルも驚きを隠せない。通常、星元《アート》には基本属性となる五つ。火、水、風、土があり、大体の者は誰もが絶対に持っている無属性とそれにプラスして四属性のいずれかを獲得している。

多くの者は、無属性に四属性の内一つだけ。だが、稀に、二つ、三つと属性を併せ持つ者が居る。

それがボウラン《四属性持ち》、トウルー《基全属性持ち》。

これだけでも、ユルルの理解を大きく超えていた。だが、さらに、アーサーは固有属性《オリジン》といわれる例外の中の例外。五つの属性、基本から外れた異質な属性、持っているものなんて、世界に何人いるんだろう。ユルルは戦慄した。それほどまでに彼女の異様さが際立った。

そして、唐突にとんでもない結果を出した三人にユルルは劣等感を覚えた。自分は……無属性しか持っておらず、そのことでずっと馬鹿にされ、人から遠ざけられるような事もあったからだ。彼女の場合、様々な簡単ではない事情が重なってしまった。それでもその才能の原石に嫉妬しないのは無理であった。誰もが持っている無属性だけの自分と特別過ぎる教え子。比べないのは無理だったが、彼女は顔に出すことはしなかった。そして、彼女は最後の一人、フェイに対して目線を向ける。

まさか、最後の人も……とユルルはフェイに顔を向ける。

ゴクリとユルルは唾を飲む。

特に何かを意識することもなく不敵に微かに微笑んでいるようにすら見えるフェイ。彼の才能はいかほどのものなのか。果たして……ユルルはじっとフェイを見つめ始めた。そして、遂にフェイが水晶に星元《アート》を込める。

◆

仮入団の俺達に色々な事を教えてくれるのがあの銀髪美人であるユルル先生。ゆるキャラ先生と俺は心の中で命名している。何かマスコットみたいで可愛いからな。彼女の話を聞いていると、面白そうなイベントが起こった。水晶による、自身の星元《アート》の魔術適性テスト。

ふふふ、遂に来たな。俺の隠された力を繙くイベントが！　ちょっとベタな感じもするけどこういうのを求めていた。元々魔術というのがあるとは知っていたが、それを学ぶ機会は孤児院ではなかったし、実際にどれくらいの才能があるか、自分ではどうしても、実力を測りかねていたんだよな。

やっぱり、自分の力ってさ、良く分からないんだよね？　ほら、自分の体の事は自分が良く分かるって言うけど、あれってちょっと違くない？

だってさ、よく健康だと思っていたけど、人間ドックをしたら実はそんなことはなかった。健康だけど一応検査して早期発見で大事に至らなかったみたいな、さ。人間では分からない事も、無機物的な調査で分かるっていうのはよくあるよね。

よっ！　水晶最高！　主人公である俺は類まれなる才能を保有しているに違いない。隠された実力で周りがビビり散らかすのは基本。

あー、実は入団試験でそんなにいい格好が出来なかったから心配してたんだよ。主人公なのにあんまりカッコいい場面無いなって。

やっぱり、俺としても、最高の主人公を目指したいっていうか？　カッコいい姿を見せたいというか？　さてさて、星元《アート》の魔術適性を測る順番をどうするのか皆で決めることになったけど……まぁ、俺の順番は決まっている。

――あ、俺は属性テスト測るの最後でいいよ。

だって、俺がいきなりとんでもない感じの結果出したら、後の人可哀そうじゃん？　やりづらいっていうか。最初から主人公である俺の圧倒的実力を見せつけてしまうとちょっとね、後の人が劣等感抱きそうだからさ。そんな気がする。俺は気を遣える主人公なのだ。

さて、全員が測り終わったようだな！

そして、アーサーから水晶を渡される。

へぇ、三人共、まぁまぁじゃん？　結構凄いんじゃなかったっけ？　先生メッチャ驚いてるし。あんまり魔術知識ないから知らんけれども。

さーてと、やりますか。星元《アート》を込めればいいんだっけ。星元《アート》は人間の内部、心臓部に宿るエネルギーらしいけど、俺は実は殆ど感じ取れない。指先に少し集めるくらいならいけるから……よし！

何となく出来た！

どうですか？　ユルル先生!?

「フェイ君は……無属性しか、持ってないみたいですね……」

なん……だと!?

ど、どう言う事だ⁉　俺は慌ててしまう。う、嘘だろ⁉　マジかよ⁉

俺は主人公、俺は主人公。落ち着け、冷静に考えよう。

……

……

……

まぁ、そもそも元も子もないけど、こんな石ころに俺の実力は分からんよね。自分の体の事は自分が一番分かっているっていうか？　無機物なんかに繊細な人間という無限の生命体の可能性を測るって無理だよね。機械は精密だってさっきは思ったけど、それって現代社会での話だよ。医療とか工業が凄い進んでいる世界の話であって、ここファンタジーだからそんなの気にしても分かる訳が無い。

納得。俺がうんうんと頷いていると。ユルル先生が俺の耳元で小声で話す。

「あ、あの、元気出してくださいね。実は私も、フェイ君と同じで無属性しか持ってないんです」

「……そうか」

彼女からの励ましのような言葉を聞いたとき、俺はハッとした。あ、このタイミングで俺と同じ境遇の先生。これは俺の強化フラグかもしれないな……。師匠ポジみたいな。

『無属性の可能性……貴方にだけ、教えますよ。フェイ君』

あー、これだ。流れが見えたな。絶対このユルル先生という人は主人公である俺の師匠ポジションだろう。そうと分かれば俺はこの人に色々教わるとしよう。

第七話　織田信長

「え、えっと。魔術の適性は測り終えたので……その、まぁ、私の訓練では魔術は関係ないので、気を取りなおして、早速剣術の授業に参りましょう！」

フェイだけが優秀とは言えない結果を出してしまった事に対してユルルが気を遣って、先ほどの結果にフォローをしつつ、剣術の授業を始める。だが、彼女の思惑から外れてボウランがげらげら笑い始めた。

「ぷ、アハハハは！　無属性しかないって！　なんだよ！　入試で面白い奴だと思ったら雑魚じゃん！」

「……五月蠅い」

「……ボウランさん、そこまでに」

アーサーが睨みつけるように彼女を見て、トゥルーが優しくボウランの笑いを止める。アーサーはただ単に何となく嫌だから。トゥルーは、どことなく恐れがあった。フェイを怒らせるのは不味いと。

そして、これからフェイとはこの部隊で一緒に過ごすことになる。なんだかんだ一緒に訓練するのならいたずらに関係性を悪化させるべきではないという判断でもある。

「あぁ⁉　本当の事だろ⁉」

「そ、そのボウランさん、先生もあまりそういうのはダメかなと、こ、これから一緒に……」

「んだよ、本当の事を言って何がわる――」

そう言いかけた時に、フェイが口を開いた。特に何事も無いように、何の感情もなく、機械のような声で。

「構わない。そいつの言った事に間違いはない」

「……あ？」

ボウランが予想をしていたフェイの反応と全く違ったようで、先ほどまでの下に見るような眼ではなく、不可解な物を見るような眼をした。当然だ。誰でも馬鹿にされたら、怒るし。笑われたら、不快だ。感情が揺らぐ。だが、フェイは全くそれがない。全てを見透かしたような声で言葉を紡いだ。

「好きなだけ言え。それが……今の俺であるからな」

「……」

フェイにそう言われて、ボウランは何も言えなくなった。口を閉じて、舌打ちしながら目線を外す。余裕を持って自身を気にも留めないすかした態度が気に入らなかったのかもしれない。

「……えと、その、では剣術の訓練を始めましょう」

ボウランが黙った事で、今度こそユルルが安心して剣術の授業を再開する。持ってきていた五本の木剣をそれぞれに渡す。

「先ずは軽く打ち合いをお願いします！　一応、多少の腕は聞いているのですが……それでも実際に見てみたいので」

そう言って、ユルルは四人に目を向ける。

「そうですね……取りあえず……三回、一度も戦わない人が居ないようにお願いしますね」

最初の訓練を彼らに与える。そう、ここは特別部隊。

「最初に言っておきますが、一番黒星が多かった人は、訓練が全て終了した後で王都を逆立ちで十周してもらいます」

異様な試練を課す部隊である。

◆

クソ、王都を逆立ちで十周かよ……。俺は逆立ちをして、王都を回っていた。負けた、全て負けた。

いや、アイツら全員強い。馬鹿みたいに強い、強いわ。だけどまぁ、よくよく考えたらそれもよくある話だなって思った。特にボウランが俺の事笑った時、主人公ってそういう下から這い上がるのはあるからさ。そういう本とか沢山読んできた俺からすると気にならないし、寧ろ燃えてくるよね。確かに今は俺は弱いよ？　でもさ、主人公は日々成長をするのさ。

『今はアイツらが強い』でも、いずれ俺の方が強くなるだろうからさ。まぁ、花を持たせてあげて

るみたいな？　今のうちに沢山花を持たせてあげたい気分である。

今日の事を総括すると、今は俺にとって下積み時代なのだとよく分かる。俺は明らかにあの部隊の中で一番弱い。ぶっちぎりに弱い。ここまで弱いって事は何か、意味があるのだろう。

落ちこぼれでも必死に努力すれば……とは良く言う。ここから這い上がって頑張ろう。主人公だから頑張ればなんとかなるさ。

それにしても、訓練はかなりハードだったな。まず、剣の模擬戦が終わってから、ひたすらにダッシュ、ダッシュ、ダッシュ、体力づくりは大事ですよね？　はい、ダッシュ、ダッシュ、ダッシュ。

あのゆるキャラ先生、可愛い顔してえげつない事をする。それにあの先生の訓練では星元《アート》の使用は禁止らしい。だから、全員かなり瀕死状態で走っていた。

星元《アート》を使った魔術での身体強化は、元の身体の強さで更に飛躍的に効果を上げるとか、その為に今は純粋な体力をつける為だとか色々と理由はあるらしい。結果として訓練後は全員瀕死だったけど、俺はその中でもさらにドベだ。ここからだ。こっから、俺は這い上がる為に訓練が終わった後も真面目に罰ゲームをしているのである。

この逆立ちは辛いが、俺は主人公。こんなの、そよ風だ。いずれ、とんでもない敵とかも出てきそうだしな。

いつか……。

『あの時の、成果が出たな……』

みたいなセリフを吐くに決まっている。腕が、体幹が限界だ。バランスを崩して何度も倒れる。

だが、それでも筋は通す。妥協はしない。

俺は主人公だから。

やり遂げると、急に先生が出てきた。どうやら、俺を見てくれていたらしい。よくある、主人公を見出してくれるやつだ。

折角だ、彼女は恐らく、俺という存在が強くなるためのキーマンだろう。修行を付けてもらおう！

◆

(まだ、頑張っている……)

フェイが何度も何度も転びながら、逆立ちで王都を回る。その様子をユルル・ガレスティーアがこっそりと尾行し、覗いていた。

あれほどの訓練をこなした後なのに、それなのに、続ける。特別部隊は訓練の辛さは桁違い。

(彼はあの中で剣術、純粋な体力、魔術適性……全てが最下層だったのに)

妙な癖、体力はまぁまぁ、だがそれも三人に比べたら見劣りが確実な物であった。魔術適性も無し。

(恐らく、歴代特別部隊の中でトップクラスに精神に負担がかかっている)

彼女は彼の精神状態を冷静に分析していた。

(自身より優秀な者が身近に三人もいる、それに明らかに成長速度も違う。そうなったら、フェイ君にとって凄く辛いことになる。一歩自分が行くところを、十歩歩かれる。それはきっと……)

ユルル・ガレスティーアにとって、それは痛いほどに共感できた。彼女もどんなに頑張っても先には中々進めず、日々足踏みを昔も、今もしているのだから。

(……私も、よく逆立ちしてたなぁ。回っていた、このルートを)

笑われたり、バカにされたり、道化みたいに見られたりした。だけど、彼女はそれをやり続けた。その姿が重なる。馬鹿みたいに頑張っていたあの頃に。

(聞く話では、さぼる子は沢山いるらしいけど……ちゃんとやってる。特別部隊じゃなくても各部隊で最下位の子は多少のペナルティがあるのに、殆ど何かしてる子は見ないし。今年の聖騎士で真面目に訓練後にも頑張る子はあの子くらいなのかな)

フェイの頑張る姿に自身を重ねながら彼女は自然と彼を応援してしまっていた。

(頑張れ、フェイ君。私はあなたを応援しますよ!)

ずっとこっそり温かい眼で彼を応援しながら暫く尾行を続けると、遂に彼は肩で息をしながらもそれをやり遂げた。終わると彼は三本の木の所で腕をつき、何度も何度も呼吸を肺に入れる。

「お疲れ様です」

自然と彼女は彼の元に行って、水が入った羊の胃袋によって作られた水筒を渡す。

「はぁ、はぁ……見ていたのか?」

「ごめんなさい。気になってしまいまして」

「そうか……世話をかけるな……」

彼はユルルから貰った水筒の中の水を飲み干した。ごくごくと良い飲みっぷり、砂漠でオアシスを見つけた放浪人のように一瞬で水は消える。

「すまないが……空だ」

「いえ、いいですよ。別に、元々あなたの為に持ってきましたから」

「そうか……」

フェイは笑顔でそう言われると仏頂面のまま虚空を少し見た。そして、呼吸を再び整えると、彼女の方を向いた。

「今から時間はあるか？」

「え？　あ、ま、まぁありますけど？」

「そうか、では剣の修行に付き合え」

「……えぇ!?　で、でも、今日あんなに……もう、限界では？」

ユルルは驚きのあまり、大きな声を上げてしまう。当然だ。先ほどまで、訓練をして、罰ゲームで逆立ちで王都を回って瀕死の状態になっていたというのに、ここから更に剣の修行をしようとする暴挙。驚かないはずがない。

一瞬だけどうしようかと迷った彼女は彼の様子を見る。単純に訓練でも転んで、終わった後の逆立ちの時に何度も転んで服や体が砂まみれ。限界であると彼女は感じた。

「限界を超えなければ……意味はない」

「フェイ君……」

「俺は、あの中で一番弱い……だから、俺は強くなりたい……誰よりも、何よりも」

「……ッ」

ひたすらに強さを求める彼の姿勢。強く強くと何かを求めようとする彼の眼。その時、彼女は何かを思い出す。それは嘗ての頑張っていた自分ではなく、もっと怖い、何か。思い出したくもない。深い深い闇のような深淵、この眼を以前にも見たと彼女は感じる。

（兄さま……）

覇道を行った兄の一人。父を切って、全てを切って、闇へと進んだ。自身の兄。もう、分かり合う事も会う事もないだろうと思っていた兄を彼女は思い出した。

「フェイ君、もう限界です。明日は座学もあります……私が担当になっていますが、朝も早いです。頭に知識が入らなくなってしまいますよ。今日はもう……」

「お前しかいないんだ……頼む」

「わ、私しかいないって……」

一瞬だけ告白をされたような気分になるが、すぐさまそんな考えを捨てて、彼女は仕方ないと彼の修行を承諾した。

「……分かりました。でも、今日は沢山訓練はしないですよ。本当にちょっとだけです。これ以上は体が壊れちゃいますから。あ、フェイ君は家の方に帰りの時間を言っているのですか？」

「それなら、既に今日は遅くなると言っている」

「……良いでしょう。では、先ずフェイ君の剣術の欠点について、説明します。単純に言うと、妙な癖、そして、力み過ぎです」

教師として教えを乞う者が居れば断ることなど出来ない。意を決して彼の課題点を告げる。

「癖の方がそう簡単には直りません。ですので、先ずは力みの方から、口で説明するより、実践した方が早いですね。まず、木剣を渡すので私の打ち込みを防御してください」

彼女に言われて、フェイは木剣を出す。彼女も剣を構える。

「いいですか？　一発打ちますから弾かれないようにしてくださいね」

「分かった……」

右腕にフェイは力を込める。僅かに血管が浮き出て筋肉が硬直する。剣を強く握って彼女の一撃に耐えようとする。

「では、行きますね？」

「――ッ」

ユルルが剣を振って互いの剣が交差すると、あっさりとフェイの木剣は宙を舞った。すぐさま彼女はそれを拾ってフェイに再び渡す。

「では、今度は脱力状態、力を一切込めずに構えてください。そこから私が剣で叩く寸前に力を込めて剣が弾かれないように防御をしてください」

「あぁ」

言われるがまま、フェイは腕の力を抜いた。そして、彼女が腕を上げ、剣を振り下ろす。剣同士が当たった瞬間に、フェイは力を込めた。

だが、今度は剣は空を舞う事はなく、交差した状態で剣は止まっていた。

「……つまり、こういう事です。力は常に入れていればいいという事ではなく、剣と剣がぶつかるときに力を込める、柄を握る。そうすることでより大きな力となります。よく言いますよね。力みは良くないって。こういう事なんです。要所要所で的確に力を入れることでより大きな力となります」

「……そのようだな」

「では、気を付けてください。そして、癖の方ですが……うーん、これぱっかりは打ち込みとかをしつつ、実戦で最適解を見つけるのが最善ですので、直ぐには無理ですね」

「……どれくらいかかる」

「かなり、かかるかと……」

「……お前は朝は空いているか？」

「……朝から訓練をしたいんですか？　恐らくですが、死ぬほど疲れますよ？」

「望むところだ」

「望むところ……ですか……」

彼女は少し、目線を下げて悲しげな顔をする。これだけ無理をさせても良いのだろうかと悩む。フェイの顔を見るときっとこの人は自身が訓練をしないと言っても勝手に素振りとかをして無理をするのだろうと感じて。それなら見ておいた方がよいのではないかと思い至る。直ぐに顔を上げて、再び木剣を構えた。

「……まぁ、いいでしょう。拒む理由はありません……では、ビシバシ行きますよ！　フェイ君！」

「あぁ」

そうして、夜は更けていく。

そして、訓練をやり過ぎた結果、帰りの時間がかなり遅くなってしまったフェイはマリアにめっちゃ、怒られた。

◆

フェイが過酷な修行を終えた次の日。座学の為に五人はとある一室を借りて授業をしていた。教壇の前にユルルが立ち、その前には四人が席に座る。長い机が用意してあり、それを並んで皆で使う。左端にトゥルー、その隣にボウラン。そして、ボウランの隣にアーサーが座り、フェイは少し離れ右端に座っていた。座学らしく教科書のような分厚い資料等が彼らの机の上に置いてある。

「さて、皆さん。今回は聖騎士が相手をすることになる中でも、一番危険な存在である逢魔生体《アビス》について解説をします。逢魔生体《アビス》は真っ白な体で彫刻のような雰囲気があるとも言われています。食人花のような姿や、本当に人のような姿、全く存在しない異形な姿、本当に様々です。活動時間は、昼が過ぎて、夕方が終わりかける夜との間から主に活動をします」

「先生ー」

「はい、ボウランさん」

「どうして、逢魔生体《アビス》って朝は活動しないの？　アタシ前から気になってたんだけど」

「良い質問です！　災厄の逢魔《オウマガトキ》という古の化け物は知っていますよね？」

それは嘗て世界を呑み込もうとした化け物、英雄譚などにその名が刻まれている。この世界に居る者なら誰もが知っている。

「これは五百年前に原初の英雄《アーサー》という人物によって封印されました。逢魔生体《アビス》はこの、災厄の逢魔《オウマガトキ》から派生した存在と言われています」

「ふーん」

ボウランが先生からの話に相槌を打つ。そして、トゥルーとフェイは特に何かをすることなく話を聞いて、アーサーは少しだけ顔を暗くしていた。

「この、災厄の逢魔《オウマガトキ》は元は人、ただの魔術師だったと言われています。ただ、様々な違法実験、犯罪を犯したことによって罰として、投獄、拷問で体を炎で焼かれ、その結果、大火傷を負い、そのせいで陽の光が浴びるのが苦痛だったそうです。ですので、その魔術師は基本的には日が沈むころに活動をしていたらしいですね」

「へぇ、そんな逸話があったのか。アーサー云々とかアタシは知ってたけど」

「元凶からの遺伝のような、特性、人であった時代の記憶、習慣が逢魔生体《アビス》の行動時間に影響しているのかもしれないと考えられています」

「ふーん……そういえば、アーサーって英雄と同じ名前だよな。何か関係あるの？」

ユルルの話に相槌を打ちながら話を聞いていたボウランはあることに気付いた。隣にいるアーサーと、誰もが知る英雄譚に登場する原初の英雄は名前が全く同じであるという事を。ボウランからしたら何気ない一言であったが、アーサーは気を悪くしたように目を据えて不機嫌そうにそっぽを向く。

「……ない」

「でもさ、大層な名前を付けたよな。親」

「……うるさい」

「……なんだよ、怒ることないだろ？」

正直に全部言ってしまうボウランと、ただ不快なアーサー。部屋の空気が少し悪くなっていくのを察したトゥルーが二人の間に仲裁に入った。

「ちょっと、ボウランさん、落ち着いて。アーサーさんも話したくないみたいだし」

しかし、中々雰囲気は回復せず、ユルルもあわわと、空気が重くなっていく室内を慌てながら見ていた。

「そんなことはどうでもいい……早く話の続きを」

その中で、唯一何事も無いように話を促すフェイ。彼にとってこの話はどうでも良い事であると言わんばかりだった。まさに鶴の一声。話は終わりの雰囲気を醸し出した。

「え、あ、そ、そうですね、フェイ君の言う通りです」

ユルルがその通りだと気分を切り替える。その後、フェイはボウランに微かに視線を向けた。

「それと、ボウラン」

「あ?」

「名前でガタガタ騒ぐな。お前も子供ではないだろう。どうでも良い事を関連づけても、そこには何もない。お前は面白いのかもしれないが、俺からすれば、つまらないだけだ」

「……ッ」

黙って、彼は前を向く。ボウランもフェイに言われると前を向いた。そのまま授業は進んで終わりを告げた。残りの授業時間、アーサーはフェイをジッと見ていた。授業が終わり、室内から五人は出る。次は剣術訓練という名のフィジカルトレーニング、昨日と同じでキツイメニューである。

フェイは真っ先にそこに向かう。その道中でフェイの隣をアーサーは陣取った。

「さっきは、ありがと……」

「……何を言っているのか、良く分からないが」

「あの、名前のやつ……」

「あぁ、それか。勘違いするな。あれは、俺の為にしたことだ」

「そ……フェイは名前気にならない？」

「どうでもいい。興味もない。俺は、俺の道を歩くだけだ」

そう言う彼の顔はいつもの仏頂面。だが、その隣のアーサーはいつもの、感情の無い真顔ではなく、自然と薄く笑う少女であった。

◆

座学の授業が始まった。聖騎士には教養とか色々必要らしい。俺は主人公なので何事にも真っすぐ全力で取り組む。努力は基本。俺が真面目に授業を聞いているとボウランがちょっと騒ぎ始めた。

『ふーん……そう言えば、アーサーって英雄と同じ名前だよな。何か関係あるの？』

この一言でアーサーとちょっとした喧嘩になった。雰囲気も悪くなって授業が中断する。おいおい。あのさ、マジでこういうの嫌いだわ、俺。

――あのさ、歴史上の人物と名前が似ているからって授業中に騒ぐの前世の高校生時代から俺嫌いなんだよね。

『今日の授業は織田信長です』

『あれ？　そういえばお前って、苗字織田だったよね⁉』

――女子ウケ狙いの為なのか、それともクラス中を笑わせたいのか真意は分からないが、そこそこの音量を出す男子高校生特有のノリ。もしかして子孫ですか⁉　みたいな感じでさ。

前世からそういうの本当に嫌いだったわぁ。いや、見ていて面白くないっていうかさ。こっちは真面目に授業受けとんねん。みたいな。そういうので全体の動き止めるの止めてほしいわぁ。いやね、別に個人の時間とかでやるのであれば別にいいんだよ。今授業中だから！　主人公の俺は真面目に下積み時代過ごしているの、邪魔するなよ。くだらないノリでさ。

ボウランも何というかさ、子供じゃないんだから。いや、あいつ子供っぽいなぁ。本当に、そのまんま、教育を受けないで生きてきたみたいな感じ？　獣感あるというか、可愛いビジュアルなのに勿体ない。

まぁ、アーサーの名前がこの世界の歴史上の人物と同じって伏線なのかもしれないけど、今はどうでも良いわ。ああいうの嫌い。あそこで盛り上がっても面白くないし、意味とか無いだろうし。アーサーも大変だよな。名前が一緒って。絶対織田信長と同じ苗字みたいなノリ沢山されてるだろうし。

「あの、名前のやつ……」

「あぁ、それか」

アーサーもやっぱりムカついてたんだろうなぁ。あの嫌みのアーサーがお礼を言ってくるってことはさ。よほどだろうな。

まぁ、名前は大事だ。それは否定しない。アーサーの親が誰だか知らないが、英雄の名前を付けることは何か意味があるのかもしれない。だが、そういう事で一喜一憂する程、俺は暇ではないという事だ。

第八話　フェイの隠された才能

フェイ、トゥルー、アーサー、ボウランが特別部隊に入隊をして、一か月が経過した。フェイ達は毎日、ユルル先生による過酷な訓練と難しい座学等、他の教師からの魔術授業、正式な聖騎士に成る為に必死に過ごしていた。それに加えてフェイはほぼ毎日罰ゲームとして、訓練後も逆立ちで王都十周をこなす。フェイは逆立ちで毎日毎日王都中を回っている、すると自然と誰もが毎日その姿を目にする事になり……。

「あ！　さかだちのにーちゃん！」

「ねぇねぇ、なんで、いつもやってるの？」

「ぼくにもおしえて！」

「煩わしい……俺の邪魔をするな」

「わずらわしいってどういういみなのー？」

「五月蝿いと言う意味だ」

広い広い王都の一角。そこでは毎日の恒例のようなフェイの逆立ちが一種のブームとなり、注目を浴びていた。フェイの周りにはいつも子供たちが後をつけている。

「お、あの小僧が来たって事は……そろそろコロッケの安売りが始まるな」

「あら、あの子が逆立ちをしているって事は、もう、こんな時間なのね。早く家に帰って夕飯の支度をしないと」

「くー、アイツを見ながら飲む酒にハマってるんだ、おかわり」

子供たちは純粋な興味。大人たちは時計として使ったり、お酒のつまみとして使ったり、安売りの合図として使ったり様々だ。無論、全ての人間が好意的ではない。寧ろ最初は誰もがクスクス笑っていたし、馬鹿にする者も居た。今でも時折、陰口、小馬鹿にする笑い声があるのも事実だ。

だが、それを続けて一か月、彼を認める存在が徐々に出始めていることも事実である。

そして、フェイとユルルは毎日のように、朝練を行っている。主にユルルが得意な剣術の訓練だ。ユルルから癖を直され、そして、毎日アーサー、ボウラン、トゥルーにボコボコにされながらも実戦としての経験。それらを彼は積んでいる。

そこでユルルはあることを感じていた。

(…最初は気付かなかったけど……フェイ君には剣の才能がかなりあるかもしれない)

それは驚きに近いものだった。最初彼の剣戟を見た時は、あまりに不細工でこの子は魔術の才能だけでなく、剣術の才能すらもないと感じていたからだ。

(最初は、なんてヘンテコな剣なんだって少し、思ったけど……癖が直りつつあって、純粋な剣戟がものすごい勢いで伸びてる……)

（でも、それだけじゃない。フェイ君が凄いのは……変化を恐れない、直ぐに自分の積み上げたものを壊して新しくする）

（フェイ君みたいな諦めの悪い人って、変化を拒否する人が多いんだけど……この子は違う。常に自分を壊して、どんどん駆け上がって行く。過去なんて、忘れて……）

フェイは真面目であった。誰よりも。彼はユルルを師匠ポジであると勘違いし、真面目に話を聞いて、それをこなす。ユルルもここまで物分かりが良く、仏頂面に相反して素直な生徒を持つのは初めてであり、やる気もあった。

（……どうして、あそこまで妙な癖が）

朝の訓練が終わる。そこでユルルはフェイに聞いてみることにした。

「あの、フェイ君は元々独学だったのですか？」

「あぁ……そうだ」

「そうなんですか……」

（独学でも、あそこまで妙な癖は普通付いたりはしないんだけど……何か、フェイ君の場合、存在しない剣術に惑わされているような……）

ユルルは悩む。だが、彼女の考えているフェイの剣術の才能、そして彼が存在しない剣術に惑わされているというのは的を射ていた。

元々、フェイは噛ませキャラであり、踏み台キャラ。途中、途中で主人公を邪魔する丁度良い敵なのだ。だからこそ、スペックはそれなりである。魔術の才能は本当に全くと言っていい程なく、アーサーやトゥルーという主人公に勝ることはないが剣術においてはある程度の才能を保有していた。

元々のフェイというキャラは素晴らしい剣の才能があったのだが、魔術の適性はからっきし。だからこそ、彼は同期や馬鹿にする者を剣でボコボコにしていた。だが、その才能があってもトゥルーやアーサーには遠く及ばなかった。虐めればすぐさまトゥルーが飛んできてぼこぼこにされる。

それがフェイというキャラである。

ある程度の剣術の才能はあったのに傲慢で全く訓練をしなければ上達などあろうはずがない。魔術の才能すら彼にはないのだから。

アーサー、トゥルー、そういった規格外。それにはいくら頑張っても半端な者では勝てない。たとえ、素晴らしい才能があってもより大きく、より大きな才能があり、努力をする者には敵わない。

だから、精神的に未熟であり、才能も中途半端なフェイという存在は噛ませキャラだったのである。

だが、フェイという人物に成り代わった少年は努力をすることが出来た。しかし、努力すれば剣術の腕がめきめき伸びるほど話は簡単ではない。それは実を結ばない。なぜならフェイの剣術が独学だからだ。頭の中がお花畑の現在のフェイは、

(十六連撃出来たらカッコいいだろうなぁ)

(十字斬りをもっとスタイリッシュに!)

(これ、剣を逆手で持ったら忍びっぽくてカッコよくね?)

みたいな事を考えて孤児院で過ごしていた。原作のフェイはマリアが剣術の本を隠すなどという事はしなかったために、ある程度読んで、それなりの型が最初に出来ていた。

だが、頭がお花畑のフェイはマリアによって本を隠され、伸びることは無かった。トゥルーは元々、フェイより前から型が出来ていたために、彼はしっかりと成長する。これによって、多大な差が出てしまった。

フェイは最新型のスマホを所持しているのに、使い方を誤り、興味本位でアダルトサイトを閲覧、ウイルスが蔓延して本来のスペックを出せないようなものなのだ。あまりに不格好なせいで一人を除いて誰も才能を見抜けなかったが。

マリアだけは僅かにフェイの剣術の才能に勘付いていた。だから、隠したのだ。剣術の本を。だから、大体、マリアが悪いという事だ。

ウイルスを除去して、要所を見ていけば、剣に全てをかけてきた、ユルルには分かった。

「あの、フェイ君は剣術の才能がかなりあると考えています……」

「そうか……」

「はい……でも、少しだけ聞かせてください。フェイ君はどうして、強くなろうとするのですか?」

「……」

ユルルがそう聞くとフェイは眼を遥か上に向けた。

「なぜか……」

ここではない、別の何処かを見ているようで。その眼は誰かに似ているようで。

「理由と言われると……そうだな……。漠然と強くなりたい……この世で一番。それだけだ」

「——ッ」

「……」

「どこまで、強くなるつもりですか……？」

「——どこまでも」

（兄さま……）

ユルルの瞼の奥に焼き付いていている古い古い記憶。彼女は元々、ユルル・ガレスティーアという貴族であった。父と母、そして、三人の兄が居て、幸せだった。

家族は全員聖騎士。だから、自分もと、夢を追いかけていた。

だが、先ず三男である兄が母を殺した。次に次男が騎士を十二人惨殺した。そして、長男である兄は……父を殺した。彼女はその殺害の場を目撃した。

『どう、して……父さまを……ころしたの、ですか？』

『……なぜ？　ただ、強くなるためだ。その通り道にコイツが居た。それを切っただけの事……俺は何処までも強くなる、どこまでもな……』

首が切れてしまった父。鉄のような血の臭い。水たまりのようになった父の血液がある。胃が逆流して、吐き気が湧いてくる。長男であるガウェイン・ガレスティーアが虚空を見ながら機械のように呟く。

『これは……深みに落ちた者しか分からない。理解する事など出来ない。お前ではな』

（兄さまは、強さの深みに落ちてしまった。そこに、目的も誇りもない。昔はあんなにも優しくて、私の手を取っていろんな場所に連れていってくれて、沢山の景色を見せてくれた。本当に優しくて私の誇りだったのに、強さに呑まれて人の道を外れて、ただ、進んでいった。止めようとした大事な家族も殺して。あの人……フェイ君は、あの人に似ている）

ただ、己の体を痛めつけ、狂ったように訓練を積む、フェイを見て彼女は思い出す。あのドロドロした深淵の眼が彼女に兄を連想させた。

——自分では全く理解できない異質の価値観を彼は持っていると彼女は感じたのだ。

（もしかして……フェイ君も、兄さまのようになってしまうのだろうか。強くなるためには手段を選ばない、目的を果たすために強さを手段とするのではなく、強くなることを目的にしてしまう人に）

（強さの深みに落ちた……修羅に……）

仏頂面で寡黙、強くなる以外に興味がないと言わんばかりの彼を見て、ユルルは心配で胸が苦しくなった。

◆

最近、順調に強くなっている気がする。やはりユルル先生は凄いなぁ。俺に才能があるかもしれないだって？

やはり、分かる人には分かるんだろうなぁ。剣術の才能ね……。いいじゃないか、主人公だもんね。やっぱり主人公の師匠ポジである彼女には分かるのだろう。ユルル先生は凄いなぁと改めて実感。

まぁ、剣術は多少上達したけど魔術はからっきしだけどな。剣も隠された才能だったし、魔術も才能あるだろうなぁ。

「はい……でも、少しだけ聞かせてください。フェイ君はどうして、強くなろうとするのですか？」

「……」

何で強くなりたいって先生が聞いてきた。

うーん、まぁ、強くなるのに理由はそんなにいらない気もするが。俺の場合って主人公だからさ。どこまでも強くなるのは絶対じゃん？　特にこういうファンタジー系の世界観、逢魔生体《アビス》とかもいるし、なんとなく強くなるのが筋書きっていうかさ、強くなるべきって感じだな。バトル系の作品だと今後インフレとかもしていきそうな感じもするしな。

しかし、そうだなぁ。主人公だから強くなります！　って言ってもね。理解はされないだろうし。クール系だからな、あんまりくどい事を言うのもどうかと思うし、偶にならイイとは思うけど……。

今回はクールに返すぜ。

『特に理由は無いです』

←

「理由と言われると……そうだな……。漠然と強くなりたい……それだけだ」

翻訳機能が働いたな。クールにしっかりとしてくれている。

「――ッ」

「……」

「どこまで、強くなるつもりですか……？」

『「――どこまでも」』

これは翻訳されなかった。だって、俺は主人公だからインフレに呑まれず、どこまでも強くなって世界を救うからな。これは当然だ。

――まぁ、この考えの真意は主人公の俺にしか分からないだろう。しかし、それでいい。

その後、俺達は再び剣を交えた。

第九話　守るべき存在か、見出す存在か

木剣がはじかれる音がする。筋肉に太刀をいれる鈍い音。腹に叩きこまれた一撃、男が咳をする音が響いている。膝をつき、太刀を当てられた場所を手で押さえている。

それを見下ろし、ボウランは勝者の笑みを浮かべていた。反対に見下ろされているフェイが見上げる。表情に悔しさが浮かんでいない、ただ、虚空を見るように。だが、その眼は彼女を通して、遠くを見ていた。

遥か、遠くを……。ボウランはそれが気に入らなかった。自身は勝った。そしてフェイは負けたというのにその眼は全く自身を映していない。

これが、何度も何度も繰り返される。ひたすらにフェイは負ける、ボウランに、トゥルーに、アーサーに。何度も何度も完膚無きまでに負ける。

ボウランはいつも、いつも、いつも、フェイに勝利してきた。一度も負けるはずもなく、勝利を許すこともない。

これがいつまでもずっと続くと思っていた。そして、自身の価値観が変わるはずはないと思っていた、ボウラン《勝者》とフェイ《敗者》。これは、それが僅かだけ、反転し、そして、ボウランという少女が変わ

るきっかけとなるプロローグである。

◆

さて、ユルル先生とのマンツーマンレッスンが開始してから、大分時間が経過した。仮入団から、約三か月。最初に支給された新品の蒼い団服はかなり汚れてしまっている。聖騎士は任務に出る時は基本的にこの蒼い団服を着るらしい。ただ、騎士団には訓練着として赤い団服も支給されている。ちゃんと任務を受ける時以外はこの赤い方を着ることも多い。騎士団的には用途に合わせて使い分けるという事らしい。まぁ、俺は毎日訓練して洗濯が間に合わないのにプラスして仮入団だから任務もないので、関係なく使っているんだけどね。他の仮入団メンバー同期全員も洗濯が間に合わないのか、用途関係なく使ってる感じがする。

俺って毎日、赤か青の団服どちらかしか着てないな。訓練がない休日は流石に他の仮入団聖騎士の皆は私服らしいけど、俺は毎日修行してるから団服しか着てない。単純に気に入ってるんだよね。動きやすいし、修行にピッタリ。

そして、そんな毎日の修行の成果だろうか。この俺はある変化を迎えていた。剣術がそれなりに強くなっていたのだ。前までは拮抗しなかったアーサーやトゥルーとも少しだけだが渡り合い、ボウランともまぁまぁの勝負をするほどに。

成長がかなり速い、とユルル先生は何とも言えない表情で言う。あー、分かってるよ、先生。

やっぱり……驚きが隠せないよな。ここまで急激に強くなったらさ、それにかなりのハードワークだから先生としても生徒の体調が心配なんだろう。流石師匠ポジだよ。俺の事ちゃんと心配してくれるなんて。

「えっと、では、また模擬戦を」

「あぁ」

何度も俺と先生は打ち合う。彼女はまさにプロフェッショナルで滅茶苦茶教えるのが上手い。いや、俺がここまで成長をしているのはこの人のおかげであると素直に思う。自身がそれを出来るという事と、教えるという事は難易度が全く違うと思うんだよな。それほどまでに彼女は師匠として優秀であるという事だろう。まぁ、主人公である俺の師匠だから当然か。

同時に俺の才能もあるけどね。

あ、そういえば先生の剣って流派とかあるのかな？　滅茶苦茶剣術とかに詳しいから少し気になる。

「おい、お前には特定の流派があるのか？」

「え？　あ、まぁ……ありますけど……」

「……そうか」

「その、ただ、なんていうか。この剣術はあまり広まっていないというか……広めてはいけないような、気がしたり」

何だ、その濁すような感じの言い方は。まさか、禁断の剣術というやつか⁉　興味が湧いてくるぜ。

「それで、どのような剣術なんだ？」

「あー、その、フェイ君はガレスティーア家という家名はご存じですか？」

「……お前の家名という事しか」

「ですよね。数年前に没落をしてしまった貴族です……そのガレスティーア家に代々受け継がれてきたのが、波風清真流《なみかぜせいしんりゅう》、私の流派です」

「そうだったのか」

「えぇ、ただこの剣術はあまり良く思われていないようで……その、人には教えないようにしています……」

「……」

そう言われると、無理に聞くべきか迷ってしまうなぁ。俺もそれが使えたらカッコいい気もするんだが。

「……」

「あの、もしかして、気になってます？　波風清真流……」

「あぁ、興味がある」

「……えぇ……どうしましょう。その、この剣術は本当に好かれていないんです……だから、その、教えてしまうとフェイ君の等級も上がりにくく……評判も」

「俺は名声や等級を上げたくて、仮入団をしたのではない。強くなるためだ」

「……そう、ですか」

彼女はうーんと悩んでいる。そんなに教えたくないのか。呪われているのか？　その剣術。呪われている剣術とかだったら流石に習得はな……尚更、したくなってくるよな。最高だよな。そういうのカッコいいからさ。教えてくれ。

「私は聖騎士の中でかなり嫌われています。本音を言うなら、皆さんを担当することすら、奇跡というか……周りには出世を奪われたとか、思ってる人が居て」

「……そうか」

「私は十二等級と言う最下層のランクなんです。本来ならこの役割《特別部隊》は他の高名な騎士になるはずだったのですが、知り合いが私を推薦してくれたようで。まぁ、これ以外にも偶にフェイ君みたいな若い騎士に色々教えたりしていましたが、一度も、波風清真流は教えたことがありません」

この人、事情がかなり重そうだな……。安易に懇願を重ねるべきではないのかもしれない。でも、俺は教わりたい。

「剣術だけは取り柄があるので、あくまで妙な癖があったら修正。あとは実戦経験を積ませながら近接戦闘を仕上げるというのが与えられた仕事です」

「……」

「波風清真流は特異剣術というわけではないのですが、私からそれを教わったと知られれば面倒な事になるかもしれません。それでも良いのですか？」

厄介事とか主人公の基本。もうどうせ、主人公なんだから異様なほどのイベントが待っている。今更一つ二つ増えたところで何も変わらないさ。

「構わん、早速教えろ」

あ、俺的にはよろしくお願いしますと言ったつもりだったんだけど。翻訳機能で……まぁ、上から目線は基本だから。先生も気にしてないみたいだし。

「……そこまで言われては……教師として拒むわけにはいきませんね」

「……あぁ、頼む」

「では、私が最初に覚えた、波風清真流、初伝《しょでん》、波風《なみかぜ》を伝授します」

ちょっと待って。剣術技の名前からもうカッコよさが滲み出ているんだが。それ俺が一番好きなやつだよ。師匠。

「……頼む」

ふっ、どうやら弟子のやる気を試していたような展開になってテンション上がるな。

「これは、私が父さま、父親から教わった最初の技です。フェイ君は私に向かって真っすぐ剣を下ろしてください」

「分かった」

俺は風、いや、光のような速さで正面から剣を振り下ろす。すると、先生は刃を横にして、俺の剣と先生の剣が十字のように交わる、だが、次の瞬間には先生は剣先を下に向け、刃を縦にしていた。

縦にした先生の刃が、俺の上からの剣を下に滝のように流し、そのまま剣先は地面についてしまった。そして、そのまま流れるように先生は俺の首元に剣を向ける。

「これが波風です。相手の上からの剣戟を流し、そしてそのままカウンターを叩きこむ。ざっくりいうとこんな感じです」

「……大体わかった」

「思っているほどに簡単ではないですよ？」

「無論、そのつもりだ。だが、俺はお前の腕を買っている。だから、俺が自身を追い込めばできなくはないだろう」

「……もう、フェイ君って偶に口説きみたいなこと言いますよね」

「そんなつもりはない」

「分かってます。では、始めましょう」

「あぁ」

「……フェイ君」

「……？」

「強さを求めるのは良いと思います。私は貴方の素直なところが好ましいです。今まで私を毛嫌いする人とか、沢山いました。でも、貴方は三か月、毎日私の元に来て剣を教えさせてくれた」

「……」

「ちょっと、嬉しかったです。こうして、誰かに教えられるのが……だから、私は……。フェイ君、強くなることを目的にしないでくださいね。そうすると、きっと大事な物が見えなくなります。失っても痛くなくなりますから」

「……あぁ、覚えておこう」

凄く良い事言ってくれた。これは心の底に置いておこう。それにしても、この先生本当に良い人だな。マリアと並ぶくらい良い人かもしれない。

◆

獣人族《ビースト》という種族が居る。獣の耳のようなものがあり、尾がある。弱肉強食を掲げて強さが全ての種族だ。その種族が支配する里にボウランという少女が存在した。彼女はその里の長と人間の妾の娘であった。彼女は二つの種族のハーフという事になるが、人族《ヒューマン》の遺伝子が強いのか、姿は獣人族《ビースト》とは全く違う姿だった。だからこそ浮いていた。同じ人族《ヒューマン》の母は死んでしまって、一人が多かった。

たった一人で強く生きなければならない。そんな環境で育ってきたボウランという少女は、弱者が嫌いだった。強くなろうと努力をしない者、強くても意地汚い者、それに群がる弱者。それらが全部嫌いだった。

彼女は生まれた時から、強かった。魔術適性も、純粋な力も、格闘センスも。里の中では明らかに強者であった。ずっと一人で戦いながら、ある程度の年月が経過した。ずっと、人族《ヒューマン》という事で差別される生活の中で、とある出来事が起こる。里の長が死んで、次の長を決める戦だ。彼女はそんなこと興味なかったが、長の争いで彼女が長になることを恐れた者達が居た。

彼女の腹違いの者達によって、卑劣な罠にかかった。薬を盛られて、先に潰された。彼女は元からその争いをするつもりはなかったが、周りはそれを信じる気はなく、大怪我を負った。

彼女は弱者が嫌いだった。こんな卑劣な事をする者が大嫌いだった。

――私は、本当の強者になってやる。

嫌悪、弱者への嫌悪が彼女の全てだった。

何とか生きながらえ、里を飛び出し、自由都市という場所で冒険者をやったり、色々しながら聖騎士として活動するのが本当の強者への近道であると彼女は考えた。

そして、出会った。フェイという強者と思しき者に。試験の中で明らかに浮いている存在。強者であると感じた、期待をした。誰よりも早く試験の裏の意図に彼は気付いていた。アーサーとの打ち合いでも不格好だが、もしかしたら魔術などが秀でている特殊な存在かと過大評価していた。だが、実際はただの雑魚であった。

魔術適性も、剣術も。全てが雑魚であった。期待外れであった。彼女が嫌いな弱者であった。

もう、興味はアーサーやトゥルーに移っていた。この二人は明らかな強者であった。自身よりも、強く、才能も桁違い。もう、フェイに目を向けることは無かった。

だが、その眼は無理に惹かれる。

彼女は気付かなかった。すぐそばに迫っている餓狼に。必死に積み上げてきた剣技が僅かにだが自身を掠めていることに。

とある日、再び二人は剣を交える。仮入団の訓練。いつもと変わらない風景だ。

「えっと、ボウランさんとフェイ君の実戦訓練を始めてください」

「あーぃ」

「……」

ユルルが合図すると軽く返事をするボウラン。無言で了承をするフェイ。フェイとボウラン。二人が互いに剣を構える。そして、一瞬で二人は距離を詰める。剣舞、互いに剣を振り、激突。

木剣の音が聞こえる。そういえばとボウランは気付いた。

(前だったら、アタシの一撃でこいつの剣は吹き飛んでいたよな。ずっと力んでいた状態でもあったし……)

フェイはユルルとの修行で脱力から力を込める要所の重要性を知って、以前までは直ぐにやられていたはずの初撃を簡単に切り抜ける。その後はひたすらに、木剣がぶつかり合う音が響いた。一体いつから当たり前のように打ち合うようになっていたのか彼女は分からなかった。

(あ？　こいつ……前より)

僅かに以前とは違う違和感。だが、それだけで彼女は負けない。その日は勝った。フェイの木剣が彼方に飛んでいき、それで戦闘は終わった。

そう、勝利したのだ。次の日も……。

(……また、アタシの勝ち)

次の日も……勝ったのだが少しずつ違和感が彼女の中に湧いた。

(っち、めんどい所に剣を……)

徐々に、迫ってくる強烈な何か。眼力、異様な覇気。それがどんどん迫ってくる、迫ってきているとことに気が付いていた。その時に初めて彼女は恐怖に近い何かを感じた。見る必要も見る価値もないと思っていたのに。

(……なんでだよ、互角だと)

着実に、それは近づいていた。興味すらなかった対象は気付けば……今まさに己を捉えようとしていた。

剣と剣がぶつかる。今まであれば防戦一方であったフェイ。だが、彼はそこから更に、流れるような連撃を繰り出す。それをひたすらに流す。

(アタシが守りに徹してる？　今までそんなこと……ッ)

僅かに、焦りが出始める。

(弱者に、負ける？　アタシが)

弱者と思っていた者に負けるという焦り。それによる緊張感で手汗が滲んでいき、剣が滑り始める。一定のリズムで、フェイから打ち込まれる剣戟。それを決死の表情で彼女は受け流し続ける。雨のように何度も、何度も。精神的に彼女は追い込まれつつあった。

——お前を倒すまで、この雨はやまんぞ。

そう言いたげな眼と連撃。つい、彼女は、心が折れそうになるが何とか立て直す。だが、次の瞬間、強烈な連撃、彼女はそれに耐えられなかった。焦りによる汗で滑ってしまった手、ボウランの剣が彼方に飛ばされる。時間が止まった様な錯覚を彼女は受けた。それほどまでの衝撃が彼女にあったのだ。

「フェイ君の勝利です！」

ユルルはずっとフェイの頑張りを誰よりも見てきたので彼の成長に嬉しくなるが、教師という事を思い出して中立な立場でただ結果を宣言する。

「……」

「アタシが……」

剣術の対人戦において、フェイの初勝利。今まで一度も、誰にも勝った事がない、彼が初めて白星を挙げた。

フェイがボウランを見る、目が合う。その眼は虚空で、もう、お前《弱者》などに興味がないと言っているようであった。自分が弱いと言われているようで彼女は多大な怒りを覚える。

「ッ、お前」

「……ボウランさん」

「ッチ」

トゥルーが止めに入り、ボウランはそこで舌打ちをして止まる。

「マグレに決まっている。あんな雑魚に、弱者に……」

譫言《うわごと》のように彼女は呟く。それをトゥルーは眺めていた。だが、何も言わなかった。そして、その日の訓練が終わり、初白星を挙げたが結局トータル戦績では一度しか勝てなかったフェイがいつものように逆立ちで十周することになる。


「ちくしょう！　アタシが、あんな、あんな、弱者に！」

とある、空き地の一角。訓練が終わり、日が落ち始めている時間帯に彼女は剣を振っていた。いつもなら、訓練を終えたら寮に帰るが、今日だけは追加で訓練をしていた。ひたすらに彼女は憤っていた。そんな彼女に爽やかに声をかける人物がいた。

「ボウランさん」

「あぁ!?　なんだよ、トゥルー!?」

「いや、その……勘違いしてるなってずっと思ってたから。言おうと思って」

「……あ!?」

突如現れたトゥルーに、不満の視線を向けるボウラン。

「付いて来てほしいんだ、僕に」

「……チッ。なんだよ」

ぶっきらぼうに言いながらも、彼についていくボウラン。暫くすると、いつもの訓練をする三本の木が生えている場所に到着した。

「あれ、見えるかな？」

「……フェイと、ユルルか」

「うん」

日が沈んだ夜。涼しい風が吹き抜ける。だが、彼らが見るその場所はまるで煉獄のようであった。ひたすらに高める、自身を高める者が居た。

「十周、まだやってないのか？」

罰ゲームの逆立ち十周の事を彼女は言った。だが、その疑問をトゥルーは否定で返す。

「いや、既に終わっているよ」

「……は？」

「あれは毎日、十周終わった後にやってるんだ」

「……毎日。あんなに訓練を――」

「関係ないんだ。アイツには……僕はアイツが嫌いだ。孤児院でも昔から素行はかなり悪かったし、僕も他の孤児も酷い事は沢山言われた」

「……」

「だけど、アイツは急に変わったんだ。恐ろしい何かに……僕はアイツが怖い。それに嫌いだ。でも、一つだけ言えることがある」

トゥルーが無表情で言葉を発する。

「あいつは強者だ」

「……」

「孤独を力に変えて、ひたすらに走っている。二年前、あいつは唐突にそうなった。ずっと僕は怖くて、アイツを意識していた。だから、僕には分かる。あいつはずっと走り続けていたんだ。最初は色々、泥沼にはまっていたけどね」

「……」

「でも、アイツが今日、ボウランさんに勝ったのはマグレじゃないよ。ひたすらに突き詰めてきたんだ。それが、ボウランさんの背中を掠めた……だけだと思う」

「なんで、一々そんな事言うんだ？」

ボウランがそう言うと、トゥルーは苦笑いした。いや、乾いた笑みに近いかもしれない。それは同情に近い警告であった。

「何でだろう。ボウランさんが、アイツを……甘く見ていると痛い目見ると思ったから」

嘘偽りのない、恐怖。それを味わったトゥルーにはそれが分かった。この子もいずれ、味わうかもしれない。

蛇だと思って踏んでいたら、それは龍の尾であった恐怖を。思い出すだけでトゥルーは肌寒くなった。

「僕みたいに」

「……お前も見たのかよ？」

「あぁ、恥ずかしいんだけど、僕はもう、トラウマだよ……あんな恐怖体験は二度としたくない。だから、模擬戦でも直ぐに剣を飛ばすでしょ？」

「……模擬戦だからな」

「実戦だったら、アイツは蛇のようにしつこいさ。そのしつこさは、痛みを伴う程に、試練が厳しくあるほどに、強くなっていく。そして、アイツはそれを当然のように受け入れて、自分からそれを望む、理解が出来ない存在だ」

「……」

「まぁ、それだけかな。僕は移動するよ。ここに居たらバレそうだし」

「……おい、お前はいつも見てたのか？」

「……まぁね。シスターにも頼まれてるし、僕個人も目を離しておきたくないんだ」

逃げるように、トゥルーは去った。風が吹いて、そこには彼女だけになる。弱者。そう思っていたが……と彼女はもう一度、考え直す。

あの勝負。あれは純粋な剣術の勝負であった。魔術を使えば、間違いなく彼女は勝利する。それに自身に土がついたのはたったの一度だけ。だが、それでは最早、勝負を捨てたも同然だ。

あの、何もない対等の剣戟の勝負で……今度こそ。

「認めてやるよ。強者だってな。フェイ。そして、覚えてろ、完膚なきまでにお前に勝つ」

宿敵を定め、彼女も去る。そこにはもう、強者しかいなかった。

◆

逆立ちで王都を回りながら俺は舞い上がっていた。その理由は至極真っ当。そう、今回、剣術の訓練にて俺初勝利!!　アーサー、トゥルー、ボウラン、全員あわせて千二百戦、千百九十九敗、一勝!　いや、なかなか勝てない日々が続いてさ。色々不安もあったけど。ここまでくるとね。俺も察するわ。

俺は努力系主人公だね。間違いない。記憶が戻ってから二年以上の歳月でやっと確信したわ。クール系でありつつも努力家というね。そりゃ、試練も大きいはずだよね。中々勝てないはずだよね。下積み時代という考え方は全くもって大正解だったわけだ。そういう時は理不尽が降りかかるのは当たり前。努力系主人公の基本だよ。今までの努力が報われたな、だからといって俺はここで手を緩めないぜ。毎日睡眠と食事以外ほぼ修行だったけどこの生き方を今後も継続していく。だって俺は努力系主人公だからな!!　努力系主人公が努力をしなくてどうするのよって話。今後もどんどん自分を追い込んでいこう。少しずつ、それで成長をしていくぜ！

まぁ、少しずつ成長とは言っても、実は未だにとんでもない覚醒イベントがあるというのも期待をしているが、一つの考えに拘らないで色んな主人公としての要素を考えていった方がいいだろうな！　というわけで今後も頑張ろう‼

逆立ちをしながら俺は考える。今回は初めてボウランを倒した……恐らくだが、今後の方針としてボウラン↓トゥルー↓アーサー、みたいな順で倒していけ、みたいな感じかね？

段階を踏んで、強くなっていかないとね、やっぱり。

さて、次はお前だー！　トゥルー！　ボウランは一回倒したから、それほどまでに興味なし。一回倒した敵が、何度もまた出てきてもね。面白くない。ボウラン興味あまりなし。

次々とステップアップしていこう。

だけど、アーサーは強すぎるんだよな。マジでコイツやべぇわ。誰一人としてアイツに勝ててないし、トゥルーとボウランもボコボコにされてたな。今はまだ勝てる気がしないけど。

だが、勝つぜ。俺は。主人公だからな、今後も頑張りますかね？

第十話　魔術講師

円卓の城、巨大な城の内部には様々な部屋が存在している。フェイ達がユルルに座学を教えられた数人規模の教室、数十人が使用できるような大教室。怪我をした時、治療をする聖騎士が常駐している医務室などである。

そして、フェイ達はいつも使用している数人規模の教室に集まっていた。そこに入ってきたのは白髪に腰の少し曲がっている老人だった。彼の名はダルガという二等級聖騎士だ。聖騎士の等級は十二から一まで数が少なければ少ない程に実力が評価されている。つまり彼は上から二番目の評価を得ているという事である。

「ふむ、揃っているようじゃな」

「お、ダルガのじいさん！　ちーす。いつも怖い顔してるな」

「ボウラン、儂にそんな口をきくものではない」

「うげ、すいません」

ボウランが軽口を叩いたが途轍もない眼力で黙らせられた。ダルガという老人はすぐさま魔術の本を開く。

「では、先日と同じく星元《アート》操作の重要性から」

ダルガは淡々と星元《アート》操作を語り始めた。

「星元《アート》操作は魔術を効率よく展開させるのに非常に重要じゃ。魔術は詠唱と星元《アート》操作が必要であるのは知っておるな」

この話はいつもされるお決まりの話なので、ボウランはうげぇと飽きたように嫌な顔をするが、余計なことを言うとまた怒られるので口を閉じる。

「アーサー、星元《アート》操作をやってみろ。無属性の身体強化はせず、ただ操作するだけに徹するのじゃ」

「……あ、はい」

アーサーの体に一瞬で半透明の光の星元《アート》が行き渡る。それを見て、ふむとあごの下の髭を撫でた。

「及第点じゃな。次トゥルーとボウラン」

「はい」

「あーい」

二人の星元《アート》を見ると、彼はまたふむと唸る。

「まだまだじゃな」

これは『円卓英雄記』でもあったイベントでアーサーの実力と原石の大きさを知らしめるイベントの一つである。魔術講師であるダルガは人を基本的に褒めることはない。しかし、実はトゥルーとボウランもかなりの程度評価をしていたという裏話がゲームでは存在している。何気ない訓練時代の日常イベントは鬱ノベルゲーの安息の地として、意外とファンの間では人気であった。

「では最後に……フェイ」

「……」

ダルガにそう言われて、本来ならここに居るはずのないフェイが星元操作《アート》をした。それは先ほどの三人よりあまりに不格好であった。体へ行く時の流れが遅く、純度も悪い。

「論外じゃな」

「……」

それはいつもの光景であった。フェイは星元操作《アート》、魔術的要素は全く才能がない。だからこそ強めの言葉でフェイはダルガにそう言われた。しかし、その言葉を言われてもフェイは気にすることなく、何度も星元操作《アート》を続けた。

「……」

それを横目で見ながらもダルガは反応しない。魔術の授業が終わり、ダルガが教室から出て行こうとする瞬間もフェイは星元操作《アート》をして、資料を参照していた。

ダルガが教室から出て、歩いていると他の仮入団聖騎士たちの声が聞こえてきた。彼等もダルガが魔術を教えている者達だ。赤い団服を着て、茶化すように話す。

「ダルガって一々うるさいよな。全然笑わないし」

「おい先生を付けろって」

「あの人って元々一等級聖騎士だったみたいだし止めた方が」

「いいよ別に」

「でも、辞めたんだろ。実力的に一番上に立つべきでないって。変な拘りもってる変な人なのは変わりないだろ。しかもあの人一度も笑った事もないって、本当に変だよな」

仮入団の聖騎士達からは不評なダルガだが、実はゲームキャラとしてはプレイヤーからかなりの人気があった。彼が強く当たるのは命を懸けた戦いにこれから彼らが放り込まれるから。だからこそ、叱咤も小言も多い。それを外から理解して見ることが出来るゲームプレイヤーには人気だが、実際に生きて接している聖騎士の若者には小言が多い、ただのおいぼれに思えてしまうのだろう。

彼らの声を聴いて、ダルガは以前授業に集中できていなかったときに叱った事があるとふと記憶が蘇った。だが、特に気にした様子ではなく、分かっていたかのようにそこから去ろうとした。そこで丁度、彼の前に五等級聖騎士のマルマルが現れる。入団試験の時にフェイ達の実力を測った彼は溜息を吐きながらダルガに話しかける。

「すいません、ダルガさん」

「なぜ、お前が謝る。訳が分からんの」

「ですよね。何というか僕が彼らを仮入団させたので」

「どうせ、全員入れるつもりだったのじゃから、変わりないの」

「ですよねー」

マルマルは頭をかきながら笑う。そして、マルマルはダルガに話しかけた本題を切り出す。

「あ、その、実はダルガさんに聞きたいことがあったんですけど」

「なんじゃ？」

「今年の特別部隊はどうなのかなって」

「あぁ……そうじゃの……。今期はアーサー、そしてトゥルー、この二人の魔術的才能は他の団員の比ではないだろう。それどころか儂は長いこと生きて、今年で六十二じゃが……あれほどの才能は見たことがない」

「貴方がそこまで言いますか」

「あのボウランとかいう団員も粗削りじゃが、才能はあるじゃろうな」

「そうですか。もう一人、フェイはどうですか？」

「あれはダメじゃな。星元《アート》操作がまるでできておらん。才能はない」

「……そうですか」

「ただ……」

「ただ？　なんでしょうか？」

「いや、なんでもないの」

そう言ってダルガはマルマルの元を去っていった。暫く経って、円卓の城から外を見る。夕日が差し込む城下の町、そこには逆立ちをしながら王都を回る一人の仮入団中の団員が見えた。赤い訓練用の団服をボロボロにして、黒い髪も土で汚れ、だがその黒い眼だけは異様に輝いて見えた。

その逆立ちが終わると彼は急いで走りながら何処かへ向かう。今度は三本の木の所で銀髪の女性と木剣を振る。僅かな休憩時間にはダルガの授業で使った本を読みながら星元《アート》操作の勉強をしているのが彼の眼には見えた。

ダルガというキャラは一度も笑う事がない。だが、ふとその愚直なまでに真っすぐな男を見ていると、見ている自身が馬鹿らしくなって思わず鼻で笑ってしまった。自身に数々小言や注意をされ、横では圧倒的才能を見せつけられているのに、誰よりも集中して授業に臨む男に対して思わず口を開く。

「ふっ、時代と共に騎士はどんどん惰弱になっていくと思っていたが……。未だ居るようじゃの、愚直なほどに真っすぐな騎士が」

クックツと笑いながらダルガはその場から去っていく。彼が去ってもあの男は訓練を続けるだろう。ダルガにはそれが手に取るようにわかった。

◆

星元《アート》操作めちゃくちゃ難しいな。全然できない。ユルル師匠と剣術訓練の間に星元《アート》操作を練習する。俺って無属性しかないけどさ。無属性って皆持っているし、普通は身体強化が出来るらしいけど、それすら出来ないんだけど。他の基本四属性とかは詠唱が必要らしいけど、身体強化の魔術は詠唱する必要ないらしい。何でも星元《アート》を体に満たすのとほぼ同じだからという事である。詠唱必要無いのか、やってみたかったなぁ。

いや、それは置いておこう。まずは星元《アート》操作を高めることだ。これはちょっと行き詰っているが、それはしょうがない。努力系主人公だからそう簡単に実力は付かないって事だろう。これからもっと頑張れって事だろう。

星元《アート》操作と言えば、魔術講師のダルガって人、俺に滅茶苦茶毎回小言言ってくるんだよな。努力系主人公だから、厳しく当たられるのは普通だから特に気にならないけど。俺としても自身を追い込んで実力をより伸ばしたいからダルガ先生のあの感じは嫌いじゃない。

それにあの人って元々一等級聖騎士だったんでしょ？　だけど実力が見合わないから自身で等級を落としたとか。うわぁ、そういうの凄い好きだわ。

何というか、年齢を積み重ねたから交通事故防止のために車の免許返納しますみたいな前世の優しいお爺さんを連想してしまったよ。

考えながら星元《アート》操作をしているとどうやら、休憩は終わりみたいだ。よーし、これからも訓練全部頑張るぞ！！！

第十一話　鬱対お花畑　前編

最初に死んだのはユルルの母であった。ガレスティーア家三男であるユルルの兄、ガヘリスがユルルの母を無残な姿で殺した。死体はバラバラで、それを見たユルルはそれがあの母であるという事に気づくことが最初は出来なかった。気付いたときには強烈な吐き気に襲われて涙が止まらなかった。

母親殺害という罪。これにより、ガヘリスは六等級聖騎士の称号を剥奪され指名手配をされる。

次に、次男であるアグラヴェインが聖騎士を十二人惨殺した。アグラヴェインは五等級聖騎士であり、彼も剥奪され犯罪者として指名手配。

そして、長男であるガウェインも元々は三等級の聖騎士であったが、父を殺し、称号剥奪をされ指名手配。

唐突であった。破滅の予兆などは一切なく、彼女は一気に全てを失った。あれほどに優しかった兄がどうしてなのか。非道な犯罪に手を染めてしまった。そして、彼女にとって最も衝撃的だったのが、長男、ガウェイン。

ずっと優しくて、幸せな生活だったのに。父のような、母のような、兄のような、誇り高い聖騎士を目指していたというのに。彼女は全てを失って、周りからは遠ざけられるようになった。

次男のアグラヴェインによって惨殺された十二人の聖騎士は波風清真流によって殺されていたらしい。さらに、未だに彼を含めて三人の兄は犯罪者として世界に解き放たれている。三人は曲がりなりにもガレスティーアの子、父から波風清真流は学んでおり、それを使っているのは聖騎士の間で周知の事実であった。

だから、自然と剣術の評価は聖騎士の間で悪くなる。人から人にその噂は伝わっていく。恐怖と憎悪と嫌悪が伝染していく。

——人殺しの剣を受け継いだ妹が聖騎士をしている。

惨殺された十二人の聖騎士の親しい者も円卓の騎士団におり、それにより聖騎士の中でもその剣術は好ましくないのは当たり前。

もう、何年も前の出来事なので少しずつ忘れ去られているが、やはり忘れずに恨みを持つ者は沢山いる。恐怖を忘れない者が居る。

未だに、被害者の父も母も悪いように言われている。特に騎士団ではその噂が強く残っており、等級の高い聖騎士三人が唐突に起こした大惨事。そんな環境に己を置くことがどんな覚悟であっただろうか。そんな場所で聖騎士として活動すればどのような眼で見られるか、ユルルは分かっていた。

だが、彼女は父と母の汚名をそそぎたかった。貴族でもない、既に没落した家。でも、彼女にとって、優しい父と母は誇りであった。だから、彼女は必ず家名を名乗る。どんなに否定をされても自慢の家だと言い続ける。

でも、やはりその道は辛く険しいものであった。彼女は先ずは沢山の人の役に立って、聖騎士として好感度と影響力を高めるべきであると考えた。自身が剣術で兄達の罪以上の功績と名誉を立てれば、噂も上書きできると考えたからだ。だが、等級は上がらなかったし、噂も変わらない。

嘗て、彼女の兄たちが高い等級で事件を起こしたから。特に次男のアグラヴェインは聖騎士十二人の惨殺はとある任務中に行われた。その任務で聖騎士として等級の高い彼が編成を任されていた。等級が高くなるほどに影響力は強くなり、重要役職にもつける。アグラヴェインはそれを利用して自身の殺せる範囲の聖騎士を任務に編成していたのではないかという調査結果があった。そんな災厄を起こした男の妹が等級を上げるのは危険であるという意見が挙がった。

そして、名誉が上がれば上がるほどに崩れた時の影響は計りしれない。彼女の兄達は元が優秀な聖騎士であっただけに、彼女が事件を起こしたら国民への不安をあおるのではないか。

それに加えて、無属性しかもっていないという欠陥性を指摘された。剣術だけでは意味がない。

それが理由でガレスティーア家の子が聖騎士として活動を大きくするのは不穏分子となる、と大多数の聖騎士は感じていた。

未だ白き手の剣士《ボーメィン》。これは彼女に勝手に付けられた侮辱と軽蔑を表す二つ名。いつか、あの呪われた一家の子が災いを起こすと、嘲笑う呼び名。

でも、それでも、彼女は必死に走る。聖騎士として、任務を真面目にこなして、犯罪を犯した兄達を捕まえるために足取りを追う。休日を捨てて情報を探索。必死に、毎日食らい付いた。何か、大きな功績を残せば変わるかもしれない。父との約束、汚名をそそぐ。その為には……。

そう思って、六年間活動をしてきたとある日。

不評な噂の嵐であったが、それがいつまでも続くと思われた。しかし頑張っていた彼女に救いの手が僅かに差し伸べられる。彼女を評価する聖騎士が現れた。

それが五等級聖騎士であるマルマルだ。

マルマル、彼は彼女の剣の腕を高く評価していた。聖騎士として影響力がある彼は彼女を剣術の教師役として推薦した。さらに彼女の事をよく知っている僅かな同期数名の力を借りて彼等にも推薦するように頼み込んだ。少数であるが彼女を評価する者達の活躍。それにより、彼女は一度だけ特別部隊の仮入団団員に剣を教えることになる。

細い糸のようにつながった奇跡。掴みとった特別部隊の剣術指南。この部隊から育った聖騎士は偉大な功績を残すことが多い。ユルル・ガレスティーアは思い至る。

もし、英雄を育てた騎士として名が売れれば、もしかしたら……と考えていた。何年も変わらなかった何かが変わるかもしれない。

だから、彼女は張り切っていた。必死にアーサーに、トゥルーに、ボウラン。そして、フェイに教師として教えを叩きこんだ。非難の声がある波風清真流は流石に教えないつもりであったが、駆け引きや力の入れ具合、様々な武器との立ち回り方。他に教えられることは多数あった。

希望に縋《すが》ってずっと生きてきた。絶対にこの任務をやり遂げると彼女は誓った。そういう思惑が彼女の全てであったが、一人だけどうにも感情移入してしまう騎士の卵が居た。

それがフェイ。無属性と剣一本だけで必死にあがく彼との出会いは、彼女にとって……。

教え子であるフェイに付き合って、夜の剣術訓練を終えたユルルが人通りのない王都を歩いていた。彼女は他の聖騎士が在留している騎士団の寮が好きではないので、宿を借りてそこに住んでいる。そんな彼女は少しだけスキップしながら帰り道を進んでおり、顔も嬉しそうに笑っていた。

何故なら、ずっと一緒に頑張り続けていた、フェイが先ほどの訓練で『波風』を習得出来たからである。波風清真流を最初は教えるつもりはなかった彼女であったが、無理に頼まれ、渋々というところから始まったフェイとの修行。それが実を結んだ。

そして、父から初めて自身が教わった剣術、それを誰かに繋げたことが嬉しかったからだ。

(フェイ君は……危ないところもあるかもしれないけど……私が教師として、危険な事をしないように導けば！)

気付けば、彼女はフェイに入れ込んでた。顔は強面で目つきは悪く、機械のように感情はないが、犬のように訓練訓練と寄ってきて、日々、真面目に訓練する者に好感を抱くのは当然である。ずっと遠ざける人が多かった中であんなにも自身に何かを求めてくる彼に愛くるしさも感じ始めていた。

明日も訓練をするのかなと頭の中でフェイの事を考えながら歩き続ける。自宅に到着する、僅かに前で彼女は違和感に気付いた。誰かが近くに居る。

「……誰ですか？」

彼女は重々しく呟いた。気付けば常備をしている鉄の剣に手を掛ける。だが、返答の声は彼女の重々しい物とは異なっていた。

「すまないすまない、驚かせてしまったようだ」

重々しい彼女の声とは対照的に軽く、遊び人の様な子供の男性の声。黒いローブ、顔が見えなく、どこか怪しげであった。ユルルはより警戒心を高めて抜刀できるように構える。

「あなたは？」

「僕の名は……そうだな。名前は言えないからナナシでいいや」

「……私に何か用ですか？」

「あー、何というか、可哀そうだったから救ってあげようと思ってさ。大変だろう、悪い兄達の悪評に振り回されるのは」

「……貴方にそんな気遣いをされる必要はないです」

「まぁまぁ、そう言わずに」

そう言ってローブ姿の男は懐から何かを取り出す。

「これ、あげるよ。それで、恨みを込めながら、自分の腕を刺すんだ。呪いと自身の血が……君を導くよ。兄のようにさ」

男に黒い短剣を渡され、そこから、彼女の記憶がプツリと途切れた。彼女はフラフラと人形のように自身の宿に帰っていく。それを見て、ローブの男は嗤った。

「暇つぶしに王都を訪ねたらあの三人の妹が居るとは……これも運命か。四人そろって実験に付き合ってくれるなんて。素晴らしい家族だ」

それだけ呟いて、その男は消えた。そこには誰もおらず、何もない。ただ、冷たい風が吹いていた。

◆

――グシャ。

何かが、えぐれる音がする。水をはじくような音がする。血が机の上に水たまりのように溜まっていく。何度も何度も何度も何度も、ユルルは自身の手に短剣を突き刺していた。

白い手が気付けば、生々しい赤に染まっていく。一度短剣で突き刺す度に彼女の中にあった恨みが大きくなっていく。不満が大きくなっていく。

(無属性しかないから、なんだ。兄が三人共、殺人鬼だからなんだ)

無属性しかないから馬鹿にされていた。陰口を叩かれた過去が彼女の中に蘇る。気に留めないふりをして、言い返したかったけど我慢していた苦い記憶が憎悪で膨れていく。

ひたすらに狂ったように、手に短剣を刺す。痛みが、僅かに恨みを緩和させてくれる。

(私が、何をしたって言うんだ。あいつら、妙な二つ名つけやがって!)

自身は何もしていないのに勝手に枠組みをつくって、悪意を吐き散らす者達への怒りを込めて何度も刺す。

（あいつもだよ、教え子の癖に、生意気なんだよ）

ボウランという教え子の少女がため口を利いてくるのを思い出す。本当はさほど怒りはなく、ボウランに悪意が無いのは分かっているのに徐々に、善悪の区別がつかなくなっていくようにそれも恨みの対象となる。

衝動が、ひたすらに強くなる。この恨みを、怒りを、もどかしさを、誰かに、アイツらにぶつけたい。

黒い黒い感情が、彼女に湧いて渦巻いた。何度も何度も刺した自身の手から溢れた血の池に僅かに顔が映る。もう、どうしようもなく彼女は歪んでいた。

（あぁ、あぁぁぁぁ‼　衝動が止まらない‼　この衝動を誰かにぶつけたい！！！）

――彼女は狂い始めていた。

◆

〈速報〉俺氏、波風を習得‼

〈速報〉俺氏、波風を習得‼

〈速報〉俺氏、波風を習得!!

〈速報〉俺氏、波風を習得!!

いや、遂に俺も必殺技を習得してしまった。トゥルーとかボウランが、ダルガ先生の魔術の授業で付与魔術《エンチャント》とか、砲撃魔術とか、ぶっ放しているからさ。無属性しかない俺は隣でずっと星元操作《アート》の練習しかできなくて肩身が狭かったから余計に嬉しい。

アーサーは特に魔術やっべぇし。剣術もだけど魔術もヤバいのかよ!!　主人公の俺より目立ちやがってこのやろう!!

まぁ、落ち着こう。

アーサーを見て俺は思ったよ。俺は今の所、魔術適性がなく、星元操作《アート》もクソ。ダントツのドベ。ダルガ先生にもよく言われる。それは自分でよく分かっている。

でもさ、ドベ、底辺って事はさ、俺からすると、もう上がるしかないって意味と全く同じなんだよな。ドベなら下がる事もないんだろう?　上がるだけでしょ?

だから、全然へっちゃら、寧ろ底辺から駆け上がるって、一番カッコいいから底辺が最高くらい思っているぜ。これくらいの鋼のようなメンタルを主人公は持っているのが基本だと思う、努力系なら尚更だ。

そう思ってここまで来たわけだが、ついに流石の俺も初必殺技を習得してしまったわけだ。

これは興奮するよ。だって、必殺技だぜ!　ずっと何かこういうのを習得したかった。主人公が必殺技を持っているのは基本！！　だけど、相手がいない、しかも習得したのが夜だし……必殺技使いたいなぁ……本当に使いたい、使用したい、波風を。

——はぁ、はぁ、波風を試したい。

あぁ、衝動が止まらない。この技を誰かに試して、ドヤぁ！　ってやりたい。波風を誰かにぶつけたいぃぃぃぃぃ！！！！！

やっぱり、主人公は新技を習得したら、それを試す機会がないとね。俺主人公だから、そろそろ試し斬りイベント来そうだなぁ。

そう冷静に思って波風を試したい衝動を抑えているのだが、それにしても、波風を試したい、衝動が、衝動が止まらないぜ！

——俺は新技を披露したくて、狂い始めていた。

第十二話　鬱対お花畑　後編

とある古い古い記憶。綺麗な豪邸、鮮やかな花が咲き誇る庭。そこで銀髪の小さい少女が剣を振っていた。彼女は無我夢中で必死に剣を振っている。

「そうじゃないよ。貸してごらん」

「うん」

彼女と同じ、銀の髪を持つ男性が声をかける。顔立ちはどこか似ていて、だが少女以上に凛々しさがあって少女とはまた違う顔立ちであった。

「波風は、そうだな……もっと、こう、型があるんだけど、それにこだわり過ぎない柔軟性というか」

「……？」

「あぁ、難しかったね。僕が一緒にやってあげるから」

そう言って、男性は少女にもう一度、剣を手渡す。そして、今度は少女の手を握って、一緒に体に教え込むように振るう。一緒に剣を振れるのが嬉しくて、どこまでもカッコいい父を眼を輝かせながら彼女は見ていた。

「わたし、とうさまみたいになる！」

「そうかい？」

「まじゅつてきせいなくても、とうさまいじょうのせいきしになる！」

「……たのしみにしているよ」

「うん、やくそく！」

「ユルルなら、きっと僕以上の騎士になれる。だから――」

「父さん！　僕、聖騎士になれたよ！」

「やったな。ガヘリス」

「父さんの部隊で僕を……ユルル？」

「わたしもはやくなりたい！」

「十五になってからだな。それにしてもアグラ兄さんはもう、九等級か」

「あの子は、才能があるからね」

「それに引き換え、ユルルは魔術適性ないからな」

「わたし、なくてもりっぱなきしになる！」


幸せだった全てを覚えている。優しかった兄達を。背中が大きかった父を。厳しかった母を。

もう、戻ってはこない。

そんなことは知っている。だからもう、どうでもいい。

◆

フェイが波風を習得してから一晩明けた。朝日がユルルの顔に差し込む。昨日ユルルは自身にナイフを刺して痛めるのみにとどまった。大量の出血、そして訓練の疲れ、それで寝てしまった。だが、朝起きると血液の不足による体への倦怠感がない。出血多量で死亡してもおかしくなかったのに。まるで別の何か、別種の力が急に発現したように。

普段の彼女ならその違和感に気付いただろう。日々鍛錬して自身の実力を高めようとする彼女は己の力の丈を知っているからだ。だが、今の彼女にはそんな純粋な疑問は湧かなかった。

ただ、衝動がまた湧いてしまう。復讐したい。この恨みを全て、誰かにぶつけたい。そんな許容すべきではない衝動が駆け巡る。

自然と、剣を持って、外に出てしまう。

視界が歪む。衝動が止まらない。持っている剣であの、いつも自身を馬鹿にし、父と母をけなす狼藉者を殺したいと彼女は考えていた。

(あ、ああ、だ、め……もう、これを、し、たら、とう、さま、と、かあ、さまのことを、だれも、しんじて、くれなく、なる……)

朝、道行く人、大人子供に悪感情を抱く。

（ころ、したい……あの、ひとも、あのひとも、わたしを、わ、らって、る）

誰も彼もが敵に見えた。体が疼いてしょうがない。早く、剣をあの、首にあてて刃で切り裂いて真っ赤な、自身が昨日出したような血を見たいと。

恨みだった。怨讐、怨念。それらが彼女を満たしていた。それを開放したらどれほど甘美であるか何となく分かった。だが、僅かに彼女に残っていた優しかった父と母の記憶が、それが何とか、彼女を留まらせる。

だが、その記憶も徐々に真っ黒になっていく。ただの記憶になっていく。自身の大事な記憶ではなく、ただ記録を見ているようにどうでもよい第三者の視点になっていく。

グラグラと彼女の芯が揺れ始める。

私怨が満たされたら、彼女は崩壊する。復讐を肯定する存在が現れたら彼女は、一瞬で殺人鬼になる。それでなくても、時間が経てば経つほどに、彼女の衝動が高まる。

舌を、噛む。血の味がする。それでなんとか、理性を保ち、円卓の騎士団本部ではなく、誰も居ない三本の木が生えているいつもの場所に行った。幸い、今日は剣術の訓練ではない。

だから、あの子達も来ないだろうと彼女は踏んでいた。誰も来ないでほしい、誰とも話したくない。だって、彼女はもう限界に近かったから。

それなのに、もう、なにもかも消えていくのに。

（あぁ……きょう、ふぇい、く、んの、あさ、れん、いけ、なかった……）

木に寄りかかり、彼女が思い出すのはいつも一緒に居たフェイだった。虚ろになっていく記憶の中で、黒髪の少年の背中が見えた。あんなにも誰かに必要とされた事などあっただろうか。父と母の汚名をそそぐために剣を教える存在だったのに。気付いたら教えないはずであった波風を教えて、少しだけ、成長させて、それが自分の事のように嬉しかった。もう会えない、そう思うと彼女は自然と涙が溢れた。

（いやだぁ……もっと、ほんとうは、おしえて、あげた、かった……）

これから、もう、自分は戻れなくなる。兄たちのように人の道を外れてしまうことを彼女は察した。涙がどんどん溢れていく。ガムシャラに教えを乞う少年が、私の無残な最期を聞いたら、きっと……と彼女はそれが悲しくなる。

（かれを、にい、さま、みたいに、しない、よう、に、みまもる、つもり、だったのに……、わた、しが、さきに、みちを、ふ、みはずす、なんて）

一体、いくら時間が経ったか。ただ、後悔が湧いてくる。だが、それもいつしか、憎しみに呑まれる。呑まれて、殆ど無くなった。無くなって湧いてきたのはこんな自分を肯定する言い訳だった。

（……そうだ。私は、悪くない。私は、全然悪くない。悪くない、悪くない、悪くない、悪くない、悪くない、悪くない）

（馬鹿にしたアイツらが悪いんだ。全然私は悪くないいんだ）

「ア、ハハハハハ！　悪くない、私は、悪くない！」

そう言うと、彼女は立ち上がる。人が居る方へ足を向ける。だが、そこに……。

「あれ！　先生じゃん！」

「先生、こんにちは」

「……」

ボウラン、トゥルー、アーサーがそこに居た。ユルルにどうして、という疑問は既にない。どうでも良かったからだ。

彼等を今すぐ殺すと思っている彼女に対して、アーサー以外の二人は暢気なものであった。それも当然、三人は魔術訓練の後に自主的にこの場所を訪れているだけで、いつもと何も変わらない。まさか、今自身達に対して剣術の先生が刃を向けようとしているとは夢にも思わない。

そして、フェイは魔術の先生に小言を言われながらも、頼んで魔術の本を借りていた。適性は無いのだが、自身の可能性を諦めずに行動するのでここに来るのが遅れている。

ユルルの様子を見て、アーサーが違和感を深め自然と眼が鋭くなる。ユルルは眼の前の教え子達に嫉妬があってそれが膨れ上がっている。

（私より、才能もあって、適性属性もあって……本当は私を見下してる。こいつらも私を馬鹿にしている。殺そう、殺そう、殺す、悪くない、私は悪くない）

そんな彼女に対してアーサーが口を開く。

「誰？」

その眼は疑惑だった。直感でアーサーは感じ取った。眼の前の存在が自身の知るユルル・ガレスティーアではないことに。

「あ？　何言ってんだ？　アーサー」

「アーサーさん？」

アーサーの言葉にボウランとトゥルーが問いを返す。二人に目を向けられるが気にかけることなく、アーサーはユルルを見続けた。

「この人、先生じゃない……」

そう言って、アーサーは付与魔術《エンチャント》の練習の為に借りていた鉄の剣を抜いた。

そんな彼女に対して何も答えず、ユルルも鉄の剣を抜いた。

何か合図があったわけではない。ただ緩やかな風が吹いて、それが止まった。

次の瞬間、両者は風になり激突する、その突風でボウランとトゥルーは風による衝撃から眼を閉じた。

「……あぁ、良いなぁ、そんなに才能あって」

「……もう一度聞く。誰？」

「どうでもいいじゃないですか。私は、もう、殺したいだけですよ！」

「会話にならない……」

自身のコミュニケーション能力の事を完全に棚に上げているが、会話にならないとアーサーは感じた。一瞬だけ暢気な事を考えたアーサーだが、すぐさま剣を振りながら戦闘モードに入る。斬撃が自身の左右から何度も入ってくる。一撃でもあたれば腕が飛んでしまう程の威力を彼女は綺麗に剣で捌く。

剣がぶつかる度に、風が吹き荒れる。トゥルーとボウランは呆然と距離をとってその場に立ち入れない。

星元《アート》による身体強化、それをアーサーとユルル、どちらも行っている。魔術による身体強化で剣速は普段の訓練を軽く超えていたが、そこで留まらない。徐々にアーサーの剣の速度が更に増していく。星元《アート》操作の精度の才能、星元《アート》の量は常人と比べ物にならない程にアーサーは持っており、それはユルルの上を行く。

無属性の身体強化はやり過ぎると体が壊れてしまうために塩梅も大事であるが、それも完璧に彼女はコントロールしている。正しく主人公として多大な才能が与えられているという事だ。彼女の才能を日々隣で見ているボウランとトゥルーはアーサーが善戦するのかと思いかけた。しかし、アーサーは未だ発展途上で全てをマスターしているというわけではない。

反対にアーサー程の才能はないがユルル・ガレスティーアという少女は聖騎士として剣術の訓練を必死に何年も積んでいる。剣術の精度、勘、そして、憎しみの力が合わさって本当ならアーサーを超えられたのかもしれない。もっと追い込めていたのかもしれない。しかし、彼女は拮抗するだけだった。

「……手抜いてる？」

「……は？」

アーサーはそうつぶやいた。彼女には分かっていた。ユルルが僅かに、手を緩めて、実力を抑制していることに。

星元《アート》の量はアーサーが上。だが、その精度と剣術の腕はユルルの方が格段に上であった。それをアーサーは知っている。偶に訓練で軽く打ち合ってもらっているアーサーには、それが分かっていた。

――ユルル・ガレスティーアが本気で殺しに来たらこの程度ではない。

そう思って言ったつもりだが、ユルルはギロリと青い眼を鋭くする。

「……馬鹿にしてるんですか？」

「……違う」

怒ったユルルが剣の速度を上げ、更に打ち合いが強くなる。だが、それでもアーサーには余裕があった。未だ、ユルルが手を抜いていると勘付いていた。

「おい、アーサーどうするんだ⁉」

教師のユルルが襲ってきたことにどう対処すればいいのか、ボウランがアーサーに聞いた。

「取りあえず、ボウランは他の聖騎士に応援を」

「お、おう！　わかった」

「トゥルーはワタシの援護。魔術プリーズ」

「わ、分かったよ」

ボウランが去り、トゥルーが詠唱を開始。水の弾丸が複数形成される。かなり手加減されており、多少ダメージはあるが当たっても死にはしない。しかし、あるだけで意識は割かれる。アーサーと剣を打ち合いながら、トゥルーの魔術に応戦する。

トゥルーも主人公として魔術の才能があり、アーサーの剣技と合わさると厄介さは計り知れない。

「っち……」

ユルルは舌打ちをした。徐々に二人のコンビで体力が、星元《アート》が削られていく。剣を捌くも、水により足場も時に崩される。ユルルのイライラが強くなる。だが、そこに僅かな安堵があったのも事実であった。自身が誰かを手にかけなくて済むのに無意識に安心感を覚えていた。

そして、そこにアーサーの光の魔術が突き刺さる。剣戟しながら詠唱して発生させられた黄金の風。それが彼女を吹き飛ばす。ダメージはほぼないが、それはまるで彼女の中の憎しみを相殺するような大きな変化があった。そこでユルルはようやく少しだけ理性を取り戻す。

「これは……」

アーサーが使った魔術は光の属性。原初の英雄も災厄の逢魔《オウマガトキ》に対して使っていた原初の属性。災厄の逢魔《オウマガトキ》は闇の星元《アート》と言う固有属性《オリジン》を保有していた。人の怨念を利用して精神を乗っ取り、無理やり星元《アート》を生み出す性質に対して、光の星元《アート》は相反する特性を持ち、それを浄化や消し去ることが出来る。ユルル・ガレスティーアが怨念に囚われたのは闇の星元《アート》によって精神を僅かに蝕《むしば》まれていたからだ。それがようやく、解放に近づく。

少しずつ、削がれていく。削られていく。

彼女は少しずつ、正気を取り戻しつつあった。だが、それでも止まることのない、根源的な怒り。それを覚えて、忘れられなくて、彼女はあがき続ける。根源的な怒りによって彼女は止まれない。でも同時に彼女は優しかった。だから非道に徹しながらも無意識に手を緩めていたのだ。だから、誰も殺すことも出来ずに、恨みを晴らせずに、アーサーにもう一度、光の魔術を食らって終わる。

その後は、ただ、一人の聖騎士が王都を去るだけの話だ。そう、それこそ、『円卓英雄記』というノベルゲーで起こる最初の悲しいイベント。

◆

『円卓英雄記』

――去りし、白銀。

アーサーの光の魔術によって、ユルル・ガレスティーアは倒され、正気を取り戻して目を覚ました。しかし、既に自身のしてしまった事は取り返せない。

それを自覚しながら、彼女は円卓の騎士団の中で一番偉い聖騎士長ランスロットの場所に向かっていた。重い足取りで、悔しさと怒りに苛まれながら。

部屋をノックして、中に入る。そこには四十代の男性と、若い女性が居た。男性は白髪でオデコが出ていて優しそうだが厳格そうな表情。若い女性は長い金色の髪。そして顔に包帯を巻いており顔が僅かにしか見えない。

『それで、ユルル君。君は今回の事態をどう思っているのかね』

ユルルが部屋の中に入り、彼の眼の前に立つと男性は重い声音で語りかける。彼こそ、円卓の騎士団で最上位、聖騎士長ランスロット。

『それは……本当に、取り返しのつかない事をしてしまったと思っています』

『そうか。コンスタンティン君、君はどう思うかね』

ランスロットが隣にいる金髪の女性に話しかける。彼女は副聖騎士長であるコンスタンティンという聖騎士だ。

『周りの騎士たちは今回の事で、過去の事件を思い出し、かなりの数の騎士が除名処分を下すことを求めていると、コンは返答します』

機械的な口調でランスロットにコンスタンティンは返答した。

『さて、どうしようか』

『……言う通りにします。私は除名処分を私自身でも支持します。そして、このブリタニアからも去ります』

『そうか……』

ユルルはそう言ってその部屋を去った。そうという事しか出来なかった。アーサーの指示に従って応援を呼んだボウランが報告した時点でこれは決まっていた。そしてもう、両親の不本意な評価を覆すことなどできない。その運命を選んでしまったのは自分であると彼女は理解していた。

どうしてそんなことをしてしまったのか、覚えていないが自分がやった事には変わりない。彼女は騎士団からの事実上の除名処分を宣告され、王都ブリタニアを去ることを決めたのだ。

外に出たら周りの聖騎士からやはりと、嘲笑や恐怖をぶつけられた。

もう、ここには居場所が消えてしまった事に改めて気付いた。周りからの視線が失望で埋まる。父も母も兄の名前も時折聞こえて、全てが酷い言われようだった。そこに自分の名前もあって、そこでようやく涙が溢れそうになった。彼女の事を僅かに認めてくれた者達が居た。元々、善良であったために、僅かな期待をした者が大きく落胆した。

彼女の様子がおかしかったことも説明がされる。

アーサーもトゥルーも、ボウランも色々と説明をするが、周りはあの忌まわしき事件が頭をよぎる。

あの子もおかしかったのだと。そう思われて終わりだった。

アーサー達も彼女にはお世話になっていた。アーサー、トゥルー、ボウランの三人はずっと彼女に剣術を教えてもらっていたから。

だが、どちらにしても、無駄なあがきであった。何故なら、もう、ユルル・ガレスティーアがここに留まることを、父と母の汚名をそそぐことを、諦めたのであるから。

彼女自らが、この場所を去ることを決めたのだから。

最低限の荷物を持って、ユルルがブリタニア王国の門をくぐろうとする。本当にこれで彼女はもう、戻ることはない。そこへ、アーサー、トゥルー、ボウラン、教え子であった三人が駆け付けた。

『ごめんなさい……私、貴方達に酷い事をしてしまいました。本当にごめんなさい……。こんな私ですが、貴方達が良い聖騎士になれることを祈っています。さようなら』

それが、彼女の選んだ結末。決して救われないのにあがき続けた彼女の人生の一端。アーサー達三人は彼女を止めることは出来なかった。彼女が今どんな風に思われているのかは知っている。それにあのユルルの涙溢れる諦めた顔を見て声をかけられなかった。いつも元気で自身達に一生懸命、剣を教えてくれた溌溂とした彼女はもう居なかったから。

三人はユルルが去るのを背中が見えなくなるまで見つめた。そして、彼女は振り返ることはなかった。

『円卓英雄記　去りし、白銀　ＦＩＮ』

これは定められたゲームの筋書き。

ユルル・ガレスティーアは闇の星元《アート》に精神を汚染されて、非道な行動をしてしまう。この場を去った彼女は自身の兄によって……無残に殺される。それが全て。

ゲームの運命なのだ。世界はそれを辿るように出来ている。

でも、それはたった一人の異端者《イレギュラー》によって大きくうねりを上げる。幻想のようにそれは筋書《すじがき》は弾けた。

◆

最後の、アーサーの魔術が……彼女に向かって放射されかける。アーサーの手に光が集まるのを感じて、彼女は、涙が溢れた。闇を完全に絶つ、大いなる光。その意味を理解していなくとも、全てが終わる予感が彼女を駆け巡る。

——しかし、唐突に声がした。無機質で感情のないような声。

「待て」

その声はそこに響いた。アーサーが魔術の構築をやめる。手から光が霧散していき、何事も無いように消えた。

「フェイ……どうして」

「ボウランから、色々聞いた。アーサー、その剣を渡せ」

「……」

フェイはアーサーが使っていた鉄の剣を渡すように促した。だが、アーサーは渡していいものかと悩む。

「二度言わせるな。渡せ。これは、俺の物語《たたかい》だ」

それは命令に近いものであった。フェイは無理やり、アーサーから剣を受けとる。彼の目の前には満身創痍のユルルが、アーサー達に体力、星元《アート》、気力を全て削がれて、体力はかなり少ないだろう。だが……フェイとどちらが勝負になって勝つことになるのか、それは考える間もなくユルルである。彼女は剣の師でフェイより格上だ。

そんな事分かり切っているというのに、フェイが鉄の剣を構えた。

「……」

「……フェイ君が今度は私と戦うと？」

「あぁ、アーサー、トゥルー。お前たちは手を出すな」

アーサーとトゥルーに眼と言葉でそう言った。するとユルルはクスクス笑いだす。

「……ふふ、可笑しなことを言いますね。貴方では私には敵いませんよ？　それに、フェイ君は鉄製の剣を使って戦った事はないでしょ？」

「だから？」

「死にますよ。私とやったら。剣の訓練でも私に一度も勝てないじゃないですか。それなのに挑むとは馬鹿ですね」

「ふっ。俺は……」

クスクスと笑うユルルに、フェイも鼻で笑って返す。もしかしたら彼が笑ったのを見るのは初めてかもしれないとユルルは感じた。

「確かに、バカだな」

「ええ、本当に馬鹿ですよ。貴方は。私に挑むって事は私に勝てる見込みがあると感じているという事でしょ？　甘いですね。貴方には才能はないんです……」

現実を諭すように彼女は告げた。だけど、それは同時にフェイに諦めてほしかったから、諭していたのかもしれない。彼女は自分と戦って傷を負ってほしくなかったのかもしれない。

「アーサーさんやトゥルー君とは、貴方は訳が違うんですよ。決して勝てない才能があるんですよ。そんな事も分からないなんて……貴方自分の事を特別な存在か何かと勘違いしているんじゃないですか？」

首を傾げて、そう言った。

「私がこう言っているうちに消えた方がいいですよ。馬鹿な貴方に教えてあげる私に感謝して消えてください」

「……ふっ」

「何がおかしいんですか？」

「お前の言う通りだ。俺は馬鹿だ。馬鹿だからこそ、やってみないと、分からないのさ」

「あぁ、そうですか。こんなに言っても分からないとは……いいでしょう。死んで後悔しても遅いですよ」

「来い」

フェイの言葉が合図になって互いに大地を蹴る。鉄の剣と鉄の剣。いつもの木剣とはわけが違う。

鳴り響く重厚な金属の音。

互いに、筋の通った美しい太刀筋。全く同じと言っても過言ではない。

清流のような、ユルルの太刀、それをフェイは無表情で剣で受け止める。フェイは星元《アート》が使えない。まだまだ、未熟であり星元《アート》操作が全くできないと言っても過言ではない。だから、先ほどのアーサーとユルルのような高速戦闘には及ばない。

だが、ユルルも、アーサーとトゥルーによって星元《アート》がそがれている。残りは殆どない。

そして、彼女もそれを無意識のうちに使う選択肢を放置していた、それは彼女の僅かに残る良心か、それとも眼の前の誇り高き騎士と対等でありたいという願いか。

それは誰も知る由がない。

今、フェイは星元《アート》操作が出来ず、純粋な身体能力と剣技だけしか使えない、ユルルも同じような条件での戦いになっている。

何度も金属音が鳴る。

綺麗な三日月を思わせる太刀、それによって僅かにフェイの右肩に切れ目が入る。だが、それを気にせず、そのままフェイはなぞるような三日月の剣筋を繰り出す。

しかし、フェイとは対照的に、それを難なく彼女は捌く。暫く打ち合いが続く。

二人の条件は同じで、決闘は拮抗している……ように見えた。だが、徐々に差が開き始める。少しずつ、傷が増えてフェイの体に血が溢れ始める。蒼い団服が血で真っ赤に染まっていく。

「もう、止めた方が良いと思いますよ？」

「まだだ」

上からの圧倒的な騎士の言葉。勝利を確定させる予言のような物言いをフェイは否定する。だが、彼女を肯定するように、フェイの左肩に剣が刺さる。

ぐさり、と音がしたわけではない。だが、そんな音が聞こえるようであった。肩から血が溢れ、フェイは舌打ちをしながら、距離を一旦取った。

「フェイ、もうやめろ。死ぬぞ、僕達と一緒に――」

「黙れ。お前は手を出すな」

トゥルーの言葉に否定を返す。

「フェイ……ワタシ」

「俺の話を聞いていたのか？　手を出すなと言っている」

「でも、このままだと、その……それに肩、痛くないの？」

「こんなもの、当然だ。これくらいを背負えない様では俺に道はない」

アーサーにも同じように返す。そして、フェイの当然という言葉を聞いて、トゥルーに疑問が浮かぶ。

（傷が当然？　かなり深く入ってるぞ。血がかなり溢れている）

トゥルーも流石に目の前で人が死んでしまうのは許容できない。全員で戦って勝てるというなら。

（フェイ……もう）

アーサーもフェイが気がかりだ。二人して、止めようとしたら、

「なんだ？　その眼は？　引っ込んでろ」

「「――ッ」」

ゾクりと、背筋が凍るような、本当に氷河に居るのではと感じるほどの覇気。あり得ない程に研ぎ澄まされたその視線。外の温度は暖かいはずなのに底冷えしてしまうほどの威を二人は浴びた。

眼力が二人の口を閉じさせた。それによって二人は口を閉じざるを得なくなる。そして、フェイは再びユルルを見た。

「ふふ、フェイ君は本当におバカさんですね」

「……」

「だって、もう、貴方の負けは決まったも同然。これ以上何をすると言うんですか？」

「……ふっ、茶番だな」

「……はい？」

「なぜ、あの時に俺の頭を砕かなかった。肩ではなく頭を狙えたはずだ」

それは先ほど、彼女がフェイに与えた一撃。フェイは知っている、彼女の実力を。だからこそ、先ほど、もっと致命傷に出来たのにしなかったことでこの戦いを茶番だと嗤う。

「……」

それを言われて彼女は静かに口を閉じた。フェイも笑うのをやめて、異様な覇気で彼女を見る。

——そこにあったのは苛立ち。

「気に入らない。全てをかけて、殺す気で来い。俺が、全てを受け入れてやる。そして、ここで超えてやる」

超えてやると宣言した彼に、受け入れると言った彼に、彼女の気持ちは揺れた。

「っ……何なんですか、貴方は。一体、私の何を知っているって言うんですか⁉」

激昂し、彼女が襲い掛かる。だが、フェイも負けじと応戦をする。剣と剣が交差して、止まる。

ユルルは特に現状は変わらない。だが、フェイは力を込めた事で肩の傷口から血が溢れる。

「ほら、痛いでしょう？　もう、やめましょう？」

「やめない。それに、そこまでの痛みはない」

「……あぁ、そうですか。なら、もういいですよ！　貴方みたいな愚者なら何の慈悲もなく殺せます！」

「それでいい」

ユルルが剣を振る。それを、捌く。攻防は変わらず、ひたすらに防戦一方。

「さっきも言いましたけど、貴方才能ないですよ？　魔術適性もない。剣術だって、貴方より強くて、技も上手い人は大勢います。貴方の上位互換なんて沢山います」

「だろうな」

「それに聖騎士は、魔術の方が汎用性が高いって実は言われているんですよ。そうですよね。剣を一回振るより、魔術一回でそれ以上の成果が出るんですから。これ以上やっても誰にも認められず、落ちぶれて、年を取るだけかもです」

「ふっ、かもな」

それは一体、誰に言っているのだろうか。フェイか、それとも自分自身にだろうか。彼女は徐々に分からなくなっていった。

「貴方はそれでもいいんですか？　聖騎士として貴方が輝く未来は――」

「ククククッ」

「なにが可笑しいんですか……」

「いや、なに……さっきから何を当たり前のことを言っているのかと思ってな」

「……」

剣戟が止んで一度、互いに距離をとる。ユルルは眼を鋭くして、フェイを睨む。

「どこでも輝く者など居ない。だが、どこでも輝かない人間も居ない。それだけだ。お前がいくら言おうと俺は変わらない。お前をここで叩き潰すだけだ」

「そんなに私が嫌いですか？」

「あぁ、見ていられない。俺はお前の剣が自身の強さに必要であると感じた。だが、今のお前にその価値はない」

「……」

そこから、フェイが僅かに声を荒げた。別に怒声ではない。だが、いつもの譫言のような声。そこに確かな重みがあった。

「ふざけるなよ。俺が認めた剣がこんなざまなど、断じて許さん。だから、俺が教えてやる。俺が認めた剣をな」

「――ッ」

右手で剣を持ち、剣先を向けて、言い切った。そして、再び両手で握って構える。これで最後だと言わんばかりに感覚を彼は研ぎ澄ませた。

「語り過ぎた。もう、終わりにしよう」

「……」

（……私は、私は……。いや、違う。この人も私の事を馬鹿にして、笑って……笑って……）

否定する材料を探そうとした。だが、彼女の中の彼はいつも真剣な目を向けていた。四六時中一緒に居るようなものであったのに。一度も笑う事は無くて、いつもいつも。一生懸命であった。

――誰よりも自分を必要としてくれた。

だから、そこから先の言葉は無かった。この時点で彼女は負けていたのかもしれない。

「くっ、私はまだ……」

互いに走る。そして、彼女は彼の肩に目を向ける、血が出ている。あれ以上の出血は命取りだと感じていた。

(もう、感覚だってないはず……動きも先ほどより緩慢になっている)

彼の走りが僅かに遅くなっている。と彼女は感じた。だが、それは自身もである。

(もう、両手が……足も……)

ずっと戦い続けて疲弊していた。条件は互いに同じ。だが、フェイの気迫、そして、その眼力が彼女に更なるプレッシャーをかける。互いに走って、彼女の間合いにフェイが入った。それを彼女は見逃さない。

「これで、終わり!」

だが、彼女の方が僅かに速かった。フェイの左下から、上に向かって一閃を放つ。勝ったと彼女は確信した。

(さようなら。フェイ《わたし》)

そう、思いかけた。勝ちを確信した。

だが、それはただの思い込みであった。剣が届く寸前。彼は体勢を低くした。それによって、剣は空に呼び寄せられるように空を切る。

――まるでそこに来るのが分かっていたようなフェイの動き。

それはフェイが彼女とずっと一緒に鍛えてきたからこそ、分かっていた間合い。極限の中でプレッシャーをかけ続けた事で相手の視野を狭くし、そして、最後まで勝利を諦めなかった者が掴んだ

極限の王手。

（しまった……ッ！）

だが、直ぐに軌道を修正し、斜め上にある剣をそのまま振り下ろす。それをフェイは横の刃で受け止め、そして、次の瞬間には縦に変えた。

滝のように彼女の剣が下に流される。そして、そのままフェイはカウンターをする。

波風清真流《なみかぜせいしんりゅう》、初伝《しょでん》、波風《なみかぜ》。

（あぁ……私の……）

彼女の記憶が蘇る。フェイがカウンターの剣技を叩きこむ刃をこちらに向ける。その姿が過去の自分に重なる。何も知らない時。全部があった時のことを。優しい父が居て母が居て、頼りがいのある兄が居た記憶。

（そうか……私は戻りたかっただけなんだ……才能とか、しがらみとか、そんなものに囲まれていた今じゃなくて）

（父さまが居て、母さまが居て、兄が居て、何も考えずに楽しく剣を振っていたあの頃に……）

フェイが剣を振る。だが、それは彼女の首に届かず直前で止まっていた。

「俺の勝ちだ。文句は？」

「ないです……私の、完敗です……」

彼女はただ、笑っていた。これから先、自分はここに居られない事は分かっていたのに。それなのに、その笑顔は後悔の無いとびきりのものであった。

◆

あれ？　今日先生朝練来ないな？

どうしたんだろう？　ポンポン痛かったのかな？　朝は冷え込むからな。偶にはしょうがない。

今日は魔術のダルガ先生に色々教えてもらう。授業終わった後に、話しかける。あ、爺さん、魔術の本貸してよ。覚醒したときの為にさ！

そんな感じで過ごしてると、ボウランが凄い形相で俺の所に来た。

「あ！　フェイ！」

「なんだ？」

「大変なんだ。実はカクカクシカじーか！」

な、なんだってぇぇ!?　先生が暴走!?　これは明らかに俺のイベントだな！　しかも、昨日波風習ったばかりだし!!

「よし、分かった」

俺は風になった。これは闇落ちした師匠が弟子に救われるあるある展開だな！　いざ行かん！　イベントへ！

いや、熱い展開だな！　闇落ちした師匠から最初に伝授された技で止めを刺す。そして、救うとか胸が熱すぎて、厚焼き豆腐ね!!

ダッシュで向かうと、アーサーが止めを刺すところだった。危ないなぁ? それは俺のイベントですからね?

いやー、本当にこいつは油断ならないな。アーサーとトゥルー、俺の出番を取ろうとしてるわぁ。よくさ、漫画とかでも主人公じゃない奴が、人気投票で一位取っちゃうみたいな。主人公より、主人公してるとか、そういう感じになってしまうんだよね。そういうのあんまり好きじゃない。

主人公第一主義だよ。

やっぱり、俺が活躍しないと!! ユルル先生と向かい合うと少し様子が違う事に気付いた。やっぱり闇落ちしてるな。言葉も棘あるし。

『アーサーさんやトゥルー君とは、貴方は訳が違うんですよ。決して勝てない才能があるんですよ。そんな事も分からないなんて……貴方自分の事を特別な存在か何かと勘違いしているんじゃないですか?』

いや、それは違うよ。だって、女神さまが俺を主人公って言ったからさ。特別な存在なんだよね。まぁ、俺は主人公だから特別って外に出すのはメタ発言だからやめるけど。

というわけで先生と戦闘開始!!!

先生やっぱり強い。闇落ちしてもこれって、しかもアーサーとトゥルーにある程度削られてるんでしょ?

いや、強いなぁ。鉄の剣初めて使うけど……まぁ、主人公だからこれくらいの覚悟はありますよ。俺は主人公なのでダイヤメンタルです。

「フェイ、もうやめろ。死ぬぞ、僕達と一緒に――」

「黙れ。お前は手を出すな」

「フェイ……ワタシ」

「俺の話を聞いていたのか？　手を出すなと言っている」

「でも、このままだと、その……それに肩、痛くないの？」

「こんなもの、当然だ。これくらいを背負えない様では俺に道はない」

努力系主人公の怪我は基本。血くらい別に気にしてられないよ。こういう漫画とかずっと読んできてるから当たり前くらいに思うわ。

だから、まぁ、別に。気にならん。それに、傷もそんなにねぇ？

主人公は痛みに耐えるの基本だし？

「なんだ？　その眼は？　引っ込んでろ」

俺の出番を取るな。これは弟子イベントだ。

それと先生。ちょっと剣が変だな。いや、弟子として言うけど、いつもよりキレがないね……上から目線で申し訳ないけど。やっぱり闇落ちしかけてるからかね？

まぁ、なんやかんやしてと。話したり切られたりしながら……実は俺は、最後は波風でどうやったら勝負がカッコよく決まるか、それればかり考えていた。

他の技で決めることも一瞬だけ考えたけど、絶対に波風で決めた方がカッコいいし、先生も感動で闇落ちから救われるだろうしって思ったのは正解だったなぁ。

——最後は、三か月間の訓練とか、色々頭の中に浮かんで何となくでやったらうまくいったぁ。

これが主人公補正か……。まぁ、でも三か月もずっと一緒なら間合いくらい分かるけどね。


「俺の勝ちだ。文句は？」

「ないです……私の、完敗です……」

先生は笑っていた。ありがとう先生。今日の俺、まさしく主人公だったぜ。

第十三話　ユルル√開拓？

「では、ユルル君。君は衝動に駆られ、自身の教え子を手に掛けようとしたと？　そういうことでいいんだね？」

「はい……」

「うむ……そうか」

重々しい声を発して、眼を閉じ、悩むそぶりを見せる。とある男性。彼は豪華な執務室で両手を組んでいる。

そんな彼の前にはユルル・ガレスティーアが暗い顔をして立っていた。彼女はあの後、フェイに敗れて正気を取り戻した。無論、フェイとの戦闘中にも徐々に戻る兆しは見せていたのだが、完全に戻った。

彼女が闇の星元《アート》による反動によってあの惨事を引き起こしたことは誰も知らない。だが、彼女が生徒を襲ったという事は知られてしまった。

そして、彼女は自らの意思で今ここに居る。円卓の騎士団本部、四階。執務室。

円卓の騎士団、聖騎士長、ランスロットの元に。

白髪で髪を上げておでこを出し、そこには十字の傷が。年齢は四十歳でかなりの年配者。だが、そこからは重々しい覇気を感じる。

「いやいや、どうしたものか。どうかね？　コンスタンティン君?」

「……今回の事件、そして、身内問題、全てを考えると、騎士団除名も考えられるとコンは返答します」

ランスロットの隣には、金髪の女性が居た。顔は包帯によってグルグル巻きにされている。その為に顔が殆ど見えないが、声からしてまだまだ若いようなイメージをユルルは受けた。

（初めて、声を聞いた……この人が副聖騎士長、コンスタンティン）

長年騎士団員として、活動をしている彼女にとってランスロット聖騎士長は話したことはないが、声を聞いたことはあった。だが、コンスタンティンは一度も無かった。実力はかなりのものだと聞いたことがあるが。

彼女は最下層なので、最上層と言われる二人とは話した事もない。だが、コンスタンティンは特例でいきなり、副聖騎士長に任命されたという話は有名であった。

聖騎士長が実力を認め、さらには超強個体である逢魔生体《アビス》を撃破したという事から、聖騎士長自らスカウトしたという話を何度も聞いていた。

「確かにそうとも言えるかもしれないね。いやいや、困ったものだ。マルマル君から直接推薦を受けた君を除名しなくてはならないとは……君個人としてはどう思うのかね？　ユルル君」

「わ、私は、本当に、取り返しのつかない事をしてしまったと感じています……その、除名も当然であると」

「ふむ」

「で、ですが……もう少しだけ、聖騎士としての活動を許していただけないでしょうか⁉」

「ふむ……なぜ、と聞いてもよろしいかね？　正直に言ってしまえば、君はこの騎士団での居場所が無いのではないかな。それでもすると？」

「ど、どうしても、ここに残りたい理由が、あ、あるんです。け、剣を教えたい教え子が居ます！」

「なるほど……しかし、どうしたものか……騎士団の中では既に君の除名を求める声が多数あるのも事実。ここは組織なので統制が取れなくてはならない。この状況を打開する何か、良い案でもあるかね？」

「そ、それは……」

「まぁ、まだ全てがわかったわけではない。詳しく追及し、議論し、結論を出す。それだけだがね」

そう言われてしまえば、彼女は何も言えない。沈黙が支配をする。このままでは除名となってしまう。だが、彼女はどうしてもここに居たかった。

だが、目の前の存在をどうにかする力は自分にはないと思ってもいた。

そんな時、執務室のドアをノックする音が響く。

「入りたまえ」

ドアを開けていたのは五等級聖騎士マルマル、そしてフェイ達四人が居た。

「失礼します、聖騎士長。いきなりで申し訳ありませんが、急ぎの用故、急な来訪をお許しください」

「構わんよ。マルマル君。そして、その後ろに居るのは」

「彼女が担当していた仮入団団員の者達です。事情を話してもらう為に連れてきました」

「そうかね。では、詳しい事を聞くとしよう」

マルマルがフェイ達を連れて、部屋に入る。ランスロットが最初に目をつけたのはフェイ。

「君が彼女と戦って勝ったと聞いている。詳しく聞いても?」

「あぁ、構わない」

「ちょ、フェイ。敬語は使ってくれ！」

最上位の聖騎士に余裕綽々《しゃくしゃく》でため口を使ったフェイにマルマルは焦りだす。

「マルマル君、構わないよ」

ハハハと豪快に笑い飛ばすランスロット。だが、マルマル、そして、ユルル、トゥルーもボウランも、驚いていた。何処の世界に聖騎士長にいきなり、ため口で話す仮入団員が居るのか。

（フェイ、流石。相手が誰でも対応を変えないメンタル。凄い）

その行動にアーサーだけは感心していた。フェイはランスロットを見ると溜息を吐くようにくだらない物言いで話し始める。

「そもそも、こんな茶番に付き合う気はない。手短に終わらせよう」

「ははは、茶番か。面白いことを言う、どういう意味だね」

「そのまんまだ。そもそもそいつが襲った理由は訓練の一環だ、聖騎士たるもの常にどんな時でも最適な行動をしなくてはならない。その訓練をして、そして、このボウランが焦って勘違いした。それだけだ」

そう言って全員が驚きで目を見開く。まさか、先日の全てを訓練だと言ってなかったことにしようとしてるのだから。フェイの言い分にランスロットが再び豪快に笑い始める。

「ガハハハッ、面白い！　では、あれは全て訓練だと？　命のやり取りをした君との戦いも？」

「あぁ、その通りだ。命のやり取りをして、初めて強くなれる。死の淵を知って初めてさらなる高みが手に入る。俺が最初に訓練を提案した。この女は俺に賛同しただけだ」

「いやはや、面白い子だ。だが、既に他の聖騎士たちは除名を求めている」

「たかが、訓練如きに随分と騒ぐんだな、聖騎士というのは。仮入団の俺が言うのもなんだが、暇な奴が多いらしい」

マルマルは頭が痛くなってきた。まさか、こんな大それたことを言うとは思いもしなかったのだろう。

「「「「!?」」」」

それに加えてほぼ全員が驚きを隠せない。

「も、申し訳ありません、聖騎士長！　彼はまだ」

「構わんよ、マルマル君。彼の言う事は実に面白い。全てを許そう。だがね、少年。世の中にはどうしても曲げられない事がある。私達は今回の一件を強く受け止めている。過去の事件について君も少しは聞いているだろう。それが今も尾を引いており、そして、この一件が流れた。これで何も処罰なしでは、組織としての体制を揺るがしかねない。それに今まで以上に聖騎士たちの眼は彼女に厳しくなるだろう」

「……」

「だからこそ、正直私としてはね。彼女を除名するしか道はないと感じている。多数の聖騎士たちの意見。覆したいのであれば、それに勝る何かを君が提示しなくてはならない。彼女があのガレスティーア家の子女として生きることで他の騎士が不安になり、最悪の場合死んでしまうという可能性がある中で、それでも君は彼女を庇うつもりかね？」

「あぁ、俺にはそいつが必要だ」

即答。自然とユルルの瞳から涙が溢れる。

「では、問おう。そこまで言うならばその道を示す覚悟。そして、責任が生まれる。もし、彼女がガレスティーア家の子息達のように、何らかの不祥事を起こした時、君はどう――」

「腹を切って死んでやる」

「……なに？」

「俺が、腹を切って死んでやると言った」

「……ククク、がハハハは！！　いやはや、本当に面白い子だ。命を懸けると？　コンスタンティン君、君はどう思うかね？」

「……聖騎士たちの多数意見は重要ですが、一人の聖騎士の生命には及ばないとコンは考えます」

「ふむ、では？」

「本当に生命をかけるのであれば、除名を免除することも可能ではないかと。彼女を除名するには聖騎士たちも命を懸ける以上の何かが必要ではないかとコンは考えます」

「そうか……では、今回の一件は訓練の一環が誤った情報として伝わり、そして、もし、本当にそのような事があれば、誇り高き聖騎士一人が腹を切って死ぬほどの約束をし、除名に強く反対をした。そのように聖騎士たちに通達を」

「了解しましたとコンは早速業務に向かいます」

コンスタンティンは暗殺者のように静かな足取りでその場を去った。それを見送ると再び不遜な態度でフェイはランスロットに話しかける。

「おい、話は終わりか？」

「勿論だよ。ただ、本当に何かあった場合は死んでもらうことになるだろう」

「そうか。それで話は終わりだな。こいつはもう連れていっても問題ないな？」

そう言ってフェイはユルルに目線を飛ばした。ランスロットは笑いながらその意味を理解する。

「問題ないとも。彼女を、連れて行きたまえ」

「おい、行くぞ」

「え⁉　あ、あ、はい！」

ランスロットに言われるとフェイはユルルの手を取って、連れて、勝手に出て行った。アーサー達はそんな自分勝手に動くメンタルは持っていないので執務室に残る。マルマルは謝罪をする。

「聖騎士長。申し訳――」

「いや、気にしないでくれたまえ。命を懸けるとまで言われては、聖騎士長として動かざるを得なかったというだけなのだから」

「はい。感謝します」

「君たちも帰ってよい。ここの空気は重々しくて辛いだろう？　ハハハ」

豪快にジョークを飛ばす。アーサー以外の全員がハハハっと空気を読んで笑う。だが、アーサーだけは……。

「はい。確かにちょっと重かったです」

「「「⁉」」」

アーサー、お前もかと全員が思った。

◆

フェイがユルルの手を握って、外に出る。王都を歩き、行先を告げずにひたすらに歩く。

「あ、あのフェイ君……」

「なんだ」

「ど、どこに行くんですか？」

「戯《たわ》け。お前が朝の訓練をすっぽかしたのだろうが。それをやりにいく」

「そ、そうですか。でも、もう、私に勝ちましたよね？　私なんかで……」

「あれは本来のお前ではない。それに既にある程度の体力は削られていた。本来なら俺が負けていた」

「そ、そうですか……」

魔術的要素、身体的要素、それらを加味すれば自身は負けていたと素直に告白するフェイ。だが、彼女からすればどうしたらいいのか少しわからなかった。自分は酷いことをしてしまった。

彼を踏みにじる事を沢山言ってしまった。そんな自分に教える資格があるのかと彼女は悩む。

「私で、いいんですか？」

「お前しかいない。俺が強くなるためにお前が必要だ」

「……酷い事を沢山言ってしまいました」

「あれは本来のお前では――」

「でも、きっと心の奥底では思ってました……それがきっと」

「どうでもいい」

「え？」

「俺は、そんなこと気にしている暇はない。ただ前を向くだけだ。それに、あれは間違ってはいなかった」

「……」

「だが、勘違いするな。それでいいと思っているわけじゃない。お前の、ユルル・ガレスティーアの全ての認識を改めさせてやる。言ってしまった事を気に病むなら、お前は俺の近くで俺を見ていろ」

「──ッ」

その眼は、男の眼だった。その眼に、ドキリと胸が弾む。矢で刺されでもしたのかと心配になるほどに、彼女の心臓が跳ねた。

「俺が、最強になるのをな」

「……はい。私、そうさせてもらいます」

ドキドキと心臓の鼓動が大きくなる。彼が握る手を自然と強く握ってしまう。彼女は皮肉にも破滅を辿った兄と同じ眼をする男を愛してしまった。

それは、きっと魂の輝き。ひたむきさ、自分を誰よりも必要としてくれることへの喜び。

嘗て、幸せを全て溢し、失った。そこからは苦難の連続で悲しい出来事ばかりだった。

でも、自分の手にはまだ、幸福があったと、再び掴みとれたのだと、彼女は嬉しくなる。

兄のように彼はなるのだろうかと彼女はふと思う。だが、関係ないのだと頭を振るう。

(私が、彼を導く……そして、願わくば……一緒に、ずっと、同じ景色を、貴方と……)

彼女は再び、彼の手を強く握る。

「ありがとう。フェイ君」

「ふん、そんなことを言ってる暇があれば、剣を教えろ」

◆

ユルル先生に勝った後に、俺は気絶した。そして、ボウランから聞いた。

「おい、ユルル先生が除名、かくかくしかじか！！！」

「ほう」

なん……だと……。そんなことはさせない。師匠ポジが消えてしまうのはダメだ。それにこんなに俺を育ててくれて、素敵なイベントまで提供をしてくれた人が除名だなんてダメだ！

これからも、弟子として色々聞きたいのに！　まだ初伝しか教わってないですよ！　先生！

そんな訳でマルマルとかいう先生に会って、乱入を決意。闇落ちの理由を全部ボウランのせいにして、誤魔化そう。そう思って四人には話しておいた。

そして、説明の為に四階の執務室に行ったが……あー、豪華だな。そして、おじさんがいた。

ふーん、聖騎士長様ね……あー、ごめん。翻訳機能があるからさ。クール系主人公は上から目線は基本だから、マルマル先生も我慢してね。

うーん、それにしてもいいデザインだ、ここは。いずれ俺がこの執務室で偉そうにふんぞり返ることもあるかもしれないな。ちゃんと掃除とかしておいて感心だな。

あの席良い感じだから、俺が英雄になったら使おう。

さてと、後は適当に嘘をついて、終わりにしますね。

そう思ったのだが、あの聖騎士長様にはバレている感じだった。ほう？　やるじゃないか？

俺の嘘を見抜くとは？　貴様、只者ではないな？

──あ、そういえば聖騎士長か。

「では、問おう。そこまで言うならばその道を示す覚悟。そして、責任が生まれる。もし、彼女がガレスティーア家の子息達のように、何らかの不祥事を起こした時、君はどう──」

「腹を切って死んでやる」

──判断が早い!!

これには聖騎士長様も納得の表情である。まぁ、俺は主人公だから、主人公補正とかあるし、死ぬわけ無いんだけどね。

取りあえず、師匠の為に命かけときます！

ユルル先生の手を取って、執務室を出る。朝の訓練できなかったからやらないとね。それに先生も悪いことしたと思ってるわけだし、体動かしてリフレッシュしてほしいみたいな弟子の気遣いである。

「ありがとう。フェイ君」

ちゃんとお礼が言える先生。これは闇は晴れたな？　まぁ、主人公の俺としては当然の結果だな？

闇落ちから救うとか、こんなの偉業でもなんでもない。息をするくらいの事だしね？

でも、お礼を言われて悪い気はしない。

『まぁ、でもどういたしまして。これからも剣教えてくださいね』

←

「ふん、そんなことを言ってる暇があれば、剣を教えろ」

クール系努力主人公だから、こういう感じに言ってしまうけど、意味は伝わっているだろうな。

この人は俺の先生で師匠だしな。

よーし、修行だぁ！　俺は主人公！　次なるイベントに備えて頑張ろう！

1名無し神
最近の転生者、面白い奴居なくね？
2名無し神
あー、確かに。ちょっと、普通の奴多いよな。チート無双も面白いけどね。飽きてくるというか
……まぁ、でもしょうがない
3名無し神
最初は転生させるだけで面白かったけどさ、やっぱり飽きがくるよな、あれだけ無差別に転生させたら
4名無し神
フェイっていうおもろい奴おるで
5名無し神
だれ？
6名無し神
あー、噛ませキャラ転生なのに自分の事を主人公だと思ってる奴だろ？
7名無し神
あいつ、クソおもろい
8名無し神

え？　マジ、そんなやつおるのか？
9名無し神
どういう感じなん？　詳しく
10名無し神
魔術才能なし、剣術は才能アリ。あと精神が異常↑ここ大事
11名無し神
ふーん
12名無し神
フェイ様のこと話してる？
13名無し神
フェイ様はウケル！
14名無し神
いや、最近の中でアイツはマジで熱い
15名無し神
転生させたん誰？
16名無し神
アテナだろ？

17名無し神
へぇ、気になるなぁ
18名無し神
『円卓英雄記』って言う鬱ノベルゲーの噛ませキャラに転生、しかし、気づかずに主人公ロールプレイしてる感じ
19名無し神
あ!! 俺そのノベルゲー知ってる! ロリ巨乳のユルルちゃん大好きなんだ!
20名無し神
＞＞19
もう、フェイにたらし込まれとるで!
21名無し神
＞＞20
それ、まじ?
22名無し神
＞＞21
マジマジ、ガチガチに惚れてる。抱かれてもまんざらでもない感じすらある
23名無し神

いや、でもあれはしゃあない
24名無し神
ずっと人から遠ざけられたのに誰よりも必要とされたらね、そりゃね
25名無し神
しょうがない
26名無し神
顔リンゴくらい真っ赤になって可愛いかったぜ
27名無し神
マジかよ。俺のユルルちゃんが……推しだったのに
28名無し神
諦めろ、もうフェイのもんだ
29名無し神
＞＞28
フェイ君、羨ましい
30名無し神
嫁作るの早いな。圧倒的な正妻ポジやろ
31名無し神

ボウランとかも結構良い感じじゃね？　生意気だけど可愛い
32名無し神
あー、俺はアーサーかな
33名無し神
アーサーコミュ障すぎてキモイ
34名無し神
＞＞33
ハゲは黙っとれ
35名無し神
＞＞34
ハゲじゃないんですけど笑。勝手に妄想してだせぇ
36名無し神
＞＞35
本当の事言われたからって、怒るな笑
37名無し神
これは、ハゲだな。間違いない
38名無し神

十円ハゲ（笑）
39名無し神
勢い余って七千五百円ハゲくらいありそう
40名無し神
いや、でも、フェイ様が一番。早く死んでくれないかな？
41名無し神
＞＞40
怖い怖い怖い
42名無し神
なんで、死んでほしいん？
43名無し神
だって、死んでくれたら魂、私の物にして、ドロドロに溶かして一生側におけるじゃん
44名無し神
いや、マジでサイコパス。お前、フレイヤだろ？
45名無し神
フレイヤだな、このヤバさは
46名無し神

この、ユルルって子は可愛いけど、私には及ばないよね？
47名無し神
うわ、この承認欲求の感じは、ヘスティアやろ（笑）
48名無し神
いや、でもユルルちゃん可愛いな。ガチで俺は応援したい
49名無し神
でもさ、フェイ全然気づいていないぞ笑
50名無し神
ポンポン痛いのかなって、バカか？
51名無し神
アイツの中で完全に師匠ポジだろ。あいつ思い込み激しいから
52名無し神
ドンだけヤバい精神してんだろうな。人間じゃ、稀じゃね？
53名無し神
＞＞52
主人公だと強く暗示がかかり
他者の暗示無効

主人公だから怪我も普通
怪我への恐怖耐性
主人公だから痛みに耐えるのは普通
痛覚への耐性
——以上を踏まえてヤバい話の例を挙げときます
トゥルーに最初ボコボコにされた場合
「負けイベだからしょうがない」
鍛錬してもなかなか勝てない場合。訓練、模擬戦でアーサーに五百敗、トゥルーに五百敗、ボウランに四百九十九敗一勝、というトータル千五百戦千四百九十九敗という明らかに普通の人間ならへこたれる戦績の場合
「努力系主人公だから強くなるのに時間がかかるからしょうがないよね。もっと頑張ろう」
恩師が敵になったという場合
「先生の闇落ちとか凄いイベントが来た。なんとかしないと」
恩師が追放される場合
「機転を利かせて取りあえず命かけて、それを阻止しよう」
54名無し神
ヤバすぎだろ。何やコイツ

55名無し神
精神はガチで歴代人類でトップクラスだと思う。怖すぎ
56名無し神
ユルルちゃん、報われるかな
57名無し神
二十三歳までろくに恋とかしたことないらしいし、多難だな
58名無し神
可愛すぎる
59名無し神
この二人の同人誌はいつ売られるの？
60名無し神
＞＞59
いや、うるせぇよ（笑）
61名無し神
＞＞59
売られないわ（笑）
62名無し神

＞＞59
他にコメントあるやろ
63名無し神
でも、二人の同人誌みたいよ、純愛のやつ
64名無し神
＞＞59
これゼウスやろ
65名無し神
同人誌マニアだから間違いない（笑）
66名無し神
フェイって奴がそんなに好きになれん、キモすぎ
67名無し神
あ？
68名無し神
＞＞66
あ、フェイガチ勢に殺されたな
69名無し神

そんなの居るんか？
70名無し神
いるいる
71名無し神
結構人気出てきてる。死んだら魂はアテナが回収らしいけど、かなりの金額で欲しいって奴が沢山いるらしい。フレイヤとか
72名無し神
へぇ、そうなんだ
73名無し神
いや、フェイとか大したことないだろ
74名無し神
＞＞73
殺すぞ。フェイ様に向かって、そういう事言うな。上から目線で言いやがって、お前何様だよ
75名無し神
＞＞74
いや、神様だよ
76名無し神

草
77名無し神
マリアはどうなん？
78名無し神
フェイ弱体化の元凶か。フェイが悪い道に行かないように剣術の指南書隠したらしい。大体マリアが悪い
79名無し神
せやな、マリアが悪い
80名無し神
でも、マリア結構可哀そうやで。ワイはゲームやってたから知ってる
81名無し神
＞＞80
どういうこと？
82名無し神
＞＞81
両親が逢魔生体《アビス》に殺されたみたいな話やろ？
83名無し神

>>82
違う、ワイはクリアしたから知ってるけど、マリアの√マジで救いない。トゥルーのヒロインみたいな感じになるんだけど、結構可哀そうな感じになる。それに両親云々も色々裏がある
84名無し神
どういうこと?
85名無し神
>>84
マリア、記憶改竄されとるってこと。ワイは知ってる
86名無し神
まじ? マジで色々ヤバいやん。流石鬱ノベルゲー
87名無し神
まぁ、でもフェイが何とかするやろ
88名無し神
せやな
89名無し神
フェイがまだだって言って、全部解決やろ笑
90名無し神

というか、ユルルちゃんの時も思ったけど、シナリオ重くない？
91名無し神
シナリオライターがビターエンド好むからやろ
92名無し神
ワイ、知ってる。その人、素直なハッピーにはそんなにしない。入団試験に居た受験者半分以上死ぬ。それに、トゥルーとアーサーも選択肢ミスったら死ぬこと多いで
93名無し神
え？　じゃあユルルちゃんは死ぬの？　死なないよね？
94名無し神
あそこで、フェイが見逃して、自由都市行ってたらエグイ目に遭って死んでた
95名無し神
流石フェイやな
96名無し神
ユルルが追放されそうなときも、凄かったね。判断が早い
97名無し神
判断が早い。フェイはとにかく判断が早い
98名無し神

聖騎士長さん滅茶苦茶嬉しそうだったね

99名無し神

そりゃそうだろ。聖騎士長からしたら得でしかない

今回ユルル追放しても聖騎士長に得も何もないし。ユルルは兄弟、両親のデマ、魔術適性などからずっと低い等級。そんな彼女追放したところで一部の良く思わない聖騎士が気分を良くするだけ。でも聖騎士のトップである聖騎士長が彼女を庇えば不信を買うし、納得できない人も出て統率が乱れるかもしれない。そこだけ加味すると。そこまでして庇う義理も利益もない結論になる。これが原作の流れだろうね

でも、今回は最大の被害者であるフェイが庇ったのが聖騎士長からしたら棚から牡丹餅、やらかした師匠を弟子が庇い、その覚悟に胸を打たれて聖騎士長が赦した事にすれば、師匠思いの弟子と、聖騎士長は情を知る人だという美談が出来上がる。つまり結果、騎士団（聖騎士長）のイメージアップにも繋がる可能性もある。さらに言うなら元々評判の良くない先生を採用したため、責任問題が発生したマルマルさんにも恩が売れる。なんかあったら色々頼みやすくなる。手駒一つ増えるイメージ

ユルルの名誉はかなり地に墜ちた。だけどそれを庇うのは弟子だし、聖騎士長としてはリターンの方が大きい。それに聖騎士長さんは悪い人でもなさそうだし、こういう丸い結果で嬉しいというのもありそう

聖騎士長からすれば、一石何鳥かなこれ？
100名無し神
ガチで考察している奴居て草
101名無し神
＞＞99
確かに一石何鳥かね
102名無し神
フェイは聖騎士長に勢い余って鳳凰差し出してそう
103名無し神
これ元々鬱ノベルゲーだよね？
104名無し神
幸せな結果になったね
フェイ君、ぶっ飛び過ぎてるな
105名無し神
いや本当に良かったよね。ユルルちゃん救われて
106名無し神
今後はどうなるのかね

107名無し神
鬱ノベルゲーだからどんどんイベント来るよな、不安だよ
108名無し神
まぁ、でもフェイが何とかするでしょ
109名無し神
それな
110名無し神
今後も、見守っていこうね

番外編

ユルル・ガレスティーア

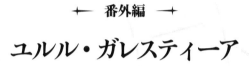

剣と剣の何度もぶつかる音が鳴り響く。とある朝、いつものようにフェイとユルルが剣戟を繰り広げていた。拮抗のように見えて、全くそんなことはなく、フェイの剣は宙を舞う。

「っち」

「……強くなりましたね」

「ふん、ここまでボコボコにされて強くなったと言われても皮肉にしか聞こえんな」

「いえ、そんなつもりはないのですが……でも、本当に強くなってますよ」

ニコニコの笑顔でフェイにそのように告げるユルル。だが、本人のフェイは相変わらずの仏頂面で眉を顰めている。

「フェイ君、少し休憩にしましょう」

「あぁ」

二人して、一旦剣を置いて、木に寄りかかる。仏頂面で腕を組み、眼を閉じているフェイ。寡黙が彼の取り柄ではある。いつもなら、ユルルも特に不要な用件を話したりはしない。

「あ、あのー」

「なんだ？」

だが、その日は無理に話しかけた。フェイが目を開けて彼女を見る。すると、ユルルは頬を少し赤くして、下を向く。

「そ、その、これ……」

彼女は彼にそっと、袋から出した木の箱に入っているサンドイッチを差し出す。

「……これは？」

「ちょ、朝食です。その、たまたま、今日は朝は食べたくなくて……で、ですのでどうぞ」

「……そうか。では、貰うとしよう」

明らかに私情が交ざりに交ざったサンドイッチをフェイは口にする。普通の男性であれば、朝食を作ってくる異性、そして、ユルルの場合、明らかに秘めている物が顔に出てしまっているために色々と察してしまうのだが。

「ど、どうですか？」

「まぁ、悪くない」

「ほ、本当ですか⁉　う、嘘じゃないですか⁉」

「あぁ」

「で、でも、他に何か言いたい事とかありませんか⁉　な、なんでも言ってください、リクエストでも……」

「特に無い。悪くない。それだけだ、それよりお前は食べないのか？」

「え？　あ、わ、私は、別に……今日は良いです……」

「そうか」

俯いて、何も言わない。ユルル・ガレスティーアは今年で二十三歳になるが、恋というのをしたことがない。幼い時から、剣術バカであり、災難があり、ひたすらに汚名をそそぐことに執着してきた。

恋という概念は知っているが、それを己に見出すことをしなかった。

そして、彼女はかなり慌ててしまう性格でいつもアタフタしていることが多い。二十三歳で教え子十五歳に恋をしてしまうという自身が一度も体験をしたことがない未知。

だから、かなり、慌てている。

（あわわ、こ、こんな分かりやすい手段で気を引こうだなんて。ば、バカじゃないの、私……）

「まさかとは思うが……わざわざこれを俺に作ってきたのか？」

「……!?　い、いえ、ち、違います！　その、今日はお腹が痛くて……」

「そうか」

（お、落ち着いて。この子は教え子、私は教師。適切な距離を保たないと……切り替えて、世間話を……）

「フェイ君のおかげで私は聖騎士として、居られます。フェイ君にまだ剣を教えることも出来ます。改めて、ありがとうございます」

「気にするな。俺にお前は必要だった。ただそれだけだ」

「……ッ」

とんでもない思わせぶりなセリフを言われて、再び俯いてしまう。これではいけないと気持ちを切り替える。適当に話題を変えて落ち着こうと話し出した。

「あ、あー、それにしても、フェイ君が私の事を引き留めてくれたおかげで毎日楽しいです。もし、それが無かったらどうなったのかと考えると、少し、悲しくなりますね」

「そうか」

「はい。ダンジョンがある、自由都市にでも行ってたのかもしれません」

「そうか。だが、その選択肢はあり得ないな」

「え?」

「もし、お前が除名されても俺の剣の師はお前であることは変わらない。最悪の場合は孤児院の俺の部屋で過ごしてもらおうと考えていた」

「え、ええ⁉ で、でもそうだったらお金が、私の生活費とかかかってた場合が」

「俺の給料から出せば良い。お前の剣の指南代金は生活代金と代えても余りあると俺は判断する」

「……ッ」

ドキドキが止まらない。顔が真っ赤になって、手で顔を覆って完全に俯いてしまったユルル。

「……あぅあぅ」

言葉にならない。衝動が彼女を襲った。これで相手は真剣な表情で本心から言っているのだから、余計にたちが悪いと彼女は思った。

「どうした?」

「い、いえ……」

「……、今日はもういい」

「え？」

「色々、抱えているような気がする。そんな状態では集中できんだろう。それに、毎日訓練は流石のお前もきついだろう。今日は帰れ」

「あ、は、はい」

（こんな、気持ちじゃ、まともに、教えてあげられるはずない……きっと、顔だってまともに見られないよぉ……）

（フェイ君は、私が前と抱えている気持ちが違うって、気づいたのかな……。うぅ、恥ずかしい……）

フェイはそう言って立ち上がる。訓練する気はもう無いのだろう。彼女は顔が真っ赤で彼を見ることが出来ずに、その場で顔を隠すだけだった。

「ふぇ、フェイ君。ま、また明日」

「あぁ」

（あぁぁぁぁぁぁっぁ、ハズかしぃぃぃぃぃぃ！）

そう言って彼女は顔を隠して、猛ダッシュで三本の木のふもとから逃げるように去った。

◆

先生、ポンポン痛いのかな？

俺は朝の訓練をこなしながらそんな事を考えていた。何だか分からないが、先生は訓練中も目が合うとサッと逸らす。

それに何だか、慌てているような、よそよそしいような感じがする。うーん、俺の中で先生のイメージっていつも慌てているイメージだからな。特に変ではないような気もするが。

二十三歳であわわとか言っているし。いつも慌てて、心配性な感じがする。それに先生って結構神経質な感じがするし、ポンポン弱いのかな？

ポンポン痛くて、実は帰りたいとかは考えられるかな。でも、弟子の手前、そんなことを言いだすわけにはいかないみたいな……。

先生が、休憩と言ってサンドイッチを渡してくれる、おおーありがてぇ、キンキンに冷えて美味しくなってやがる。

まぁ、正直マリアの方が……それを言わない。

――そう、俺は気遣いが出来る主人公である。

それにしても、先生は食べないのかな？　折角だから、食べればいいのに。やっぱりポンポン痛いのかな？

「まさかとは思うが……わざわざこれを俺に作ってきたのか？」

「……!? い、いえ、ち、違います！　その、今日はお腹が痛くて……」

「そうか」

あー、やっぱりポンポン痛かったのか。それで自分用のやつを俺にくれたのか。万が一、反応的にヒロイン説も考えたけど、それはないようだ。

ん？　私がもし除名されたら？　いや、アンタが居なくなったら誰が俺に剣を教えるんだよ。金くらい俺がだすぜ？

日本でも塾とか、習い事ってお金出すからさ、そんなにそういうの抵抗がない。そう言うと、先生は俯いた。

そ、そんなにポンポン痛いのかな……。あー、先生苦労人らしいし、最近まで騎士団除名とか言われてたからな。俺とこうやって訓練することで安心感を得て、緊張感が解けてポンポン痛くなったのかな？

「どうした？」

「い、いえ……」

「……、今日はもういい」

「え？」

「色々、抱えているような気がする。そんな状態では集中できんだろう。それに、毎日訓練は流石のお前もきついだろう。今日は帰れ」

「あ、は、はい」

俺がそう言うと、先生は直ぐに訓練中止を宣言、やはりポンポン痛かったんだな。ダッシュで帰っていくし。無理に付き合わせて悪かったな。

——フッ、流石、だな。俺は気遣いが出来る主人公だから、賢明な判断が出来たぜ。

俺の気遣いに先生が気付いたのか分からないが、師弟で気遣いをしあう。何て素晴らしい師弟関係なんだ!!

そうだ、今度お腹に良い、薬でも買ってあげようかな?

書き下ろし
番外編

野良猫

太陽が輝き王都ブリタニアを照らしている。人々が買い物や世間話でにぎわいを見せている。しかし、反対にその賑わいから外れた場所も存在する。王都は広く、裏道のような路地裏には太陽の光も届かない。

少しだけ不気味に見えるかもしれないが、だからといって平和な場所であるという事には変わりない。しかし、僅かな悪意というのは存在する。それは本当に些細な物ではあるのだが……。

路地裏にとある木の箱が置かれている。その中で二匹の猫が休んでいた。一匹は黒くて目つきの悪い雄の黒猫。どこぞの仮入団中の騎士のような目つきである。もう一匹は金色の毛を持つ、美しい雌の猫。彼女の眼はぱっちりしており綺麗である。どこぞの金髪アーサーに目元が似ている。彼らはここに住んでいる捨て猫であった。とある家で育てられていたが生活の困窮などを理由に捨てられてしまい今現在、そこでヒッソリと暮らしている。

飼い主が消え、寂しかったが直ぐに彼らは生活に適応をした。時折、餌を見つけ、それを分け合う。不自由さもあるが静かな暮らしが続けばよいと感じていた。しかし、彼らが住む場所を幼い、七歳くらいの子供たちが見つけてしまう。

「おい、猫がいるぜ！」

「本当だ！」

「うぉ、すげぇ」

三人の男の子が面白いおもちゃを見つけた様な表情で猫たちに駆け寄っていく。

「にゃー」

目つきの悪い雄の猫が男の子達を睨みつける。自分達に害をなす存在だと感じた様であった。金色の雌猫を守るように前に立ちはだかる。それを子供たちは面白そうに見ている。そして、手で触れた。わしゃわしゃと手で触ったりするのをイヤそうに抵抗するが力が強いので下手に黒猫は抵抗できない。

「ふさふさしてる」

「肉球も凄いな」

子供には時に存在する、無意識の悪意。小学生も、時にカエルを捕まえ解剖したりする狂気的な行動に出てしまうように今、彼らも猫に興味を持ち好奇心を満たしていた。猫は非常に嫌がっている。触り方も好きな触り方ではなかった。

いつまでも好奇心を満たそうとする、子供達。だが、急に生温い風が吹いた。生暖かいのに、鳥肌がたつような違和感もあった。

「……」

気付くと黒髪に鋭い目つき、顔立ちは凄く怖そう。赤い円卓の騎士団の訓練着を着ているが本当に聖騎士なのか、鬼ではないのかと思う程に恐怖を感じた。暗がりの路地裏という事もあり、その男に子供達はより恐怖を感じて、一目散に猫を放り出して逃げる。

「うわぁぁぁ」

「でたぁぁぁ」

「逃げろぉぉ」

逃げて行く子供たちに声もかけず、黒猫と男は向かい合う。同じく目つきが悪い者同士。男は自身の持っていた焼かれた肉の串から身を取り、そして、もう片方に持っていた真っ赤に完熟したトマトと一緒に箱の上に置いて去った。

◆

修行修行修行！！！　そんな毎日を過ごしている主人公である俺。ユルル先生との朝の訓練、その後は仮入団聖騎士としての訓練をこなして丁度お昼休みになった。偶には城下町で何か買うかと歩いていると、美味しそうなお肉を発見。

「お、逆立ちの兄ちゃんじゃねぇか」

屋台形式の出店か。凄い美味しそう、偶にはこういうのを食べようかな。クール系だからスタイリッシュに購入しよう。そう思ったら、あちらから肉串を差し出された。

「ほれ、サービス」

「……金を払おう」

「いいって、いつもお前さんが来ると売り上げが上がるからな」

俺はこの人全然誰だか知らないけど、このお肉屋さんは俺を知っているようだ。俺のファンかね？　まぁ、主人公だからそういうのが居ても普通だろうな。そう思ってサービスをクールに受け取って食べる場所を探して歩いていると、今度は八百屋さんの前で呼び止められた。

「あら、逆立ちの子じゃない。これ持っていきな」

八百屋のおばちゃんから真っ赤な美味しそうなトマトを貰った。流石俺。主人公だからファンが多いなぁ。さて、折角だし、人気のない場所で一人でクールに食べようかと思って王都を歩いていると、人通りの少ない路地裏みたいなところを発見した。

ちょっと空気が冷えていてゆっくりできそうだと思い、進んでいくと何やら幼い子供たちの声と猫さんの泣き声が聞こえてきた。気になって進むと子供が猫の毛をわしゃわしゃ雑に触っていた。

それ、猫さん嫌がっているのでは？　と感じたので注意しようと思ったら、逃げられた。そして、なにやら黒猫さんと金猫さんがじっと俺を見ている気がして、俺も猫さん達を見返す。うーん、この黒猫は愛想がない感じがするな。目つきが凄く悪いぜ。こっちの金猫は……アーサーに目元が似てるな。

この二匹はここに住んでいるのか。邪魔しないうちに帰ろうかね。と思っているとこの二匹が見ていたのは俺ではなく、俺が持っていた食べ物であったと気づく。

あー、食べたいのね。お腹空いてるのか、確か猫って肉と野菜食べるよな。生肉はアウトらしいけど。これは焼いてあるし、トマトも食べられるんじゃなかったっけ？　無料で貰ったものだし、しょうがないから差し上げよう。

土の上に落とすわけにいかないので、木の箱の上に置いて俺はクールに去った。そして俺はお昼はパン屋でハムレタスサンドを食べたのであった。

◆

フェイが猫に肉とトマトをあげてから数日が経過した。その日、フェイは三本の木の場所で素振りをし、己を高めていた。空は曇りで雲に覆われており、一雨きそうな肌寒さだった。

「フェイっていつも素振りしてるよな」

その日は、訓練は無いがフェイは自主的な訓練をしており、そこにたまたま居合わせたボウランが彼にそう言い放つ。いつも一緒に居ると言っても過言ではない仮入団中の特別部隊メンバーだというのに、フェイは彼女に一切向かず、親しみを感じさせない表情で素振りに夢中であった。

「お前には関係ない」

「アタシお前に聞きたい事あるんだけどさー」

フェイが冷たく突き放すような物言いをしてもお構いなしに、ボウランはフェイに話を振り続ける。

「強いってなんだ?」

ボウランは子供のように純粋な疑問をフェイにぶつけた。

「アタシの中で強いって言うと、腕力とか、魔術とか、剣術とか、そんな感じだけど、フェイはどう思う?」

「さぁな、俺は知らん」

「ちゃんと答えてくれよ！　アタシ気になって夜しか眠れない！　それにご飯もパン八つくらいしか喉を通らないんだ！！！」

ボウランは木の上で若干不機嫌そうだった。彼女は獣人族《ビースト》の里で育ち、己一人でずっと戦い続けてきた。ずっと「強い」って単純な戦闘力だと思っていたが、本当にそれだけなのか疑問が湧いていた。

だから、フェイに疑問をぶつけたのだ。もしかしたら、自分が知らない疑問の解決策をフェイが持っているかもしれないから。でも、フェイは答えない。自分で考えろ、そうでなければ意味はないと言わんばかりであった。

膨れっ面になり、フェイを木の上で睨む。暫くにらみ続けていると、彼女の怒りが移ったように天候が悪くなる。ぽつぽつと雨粒が降り始める。彼女の赤い髪が濡れて、赤い瞳にも落ちる。

「フェイ、雨降ってきたぞ」

「そうか」

「やめないのかよ」

「やめない」

フェイは雨を気にせず剣を振り続ける。ボウランも何となくそこに居て、暫く一緒に二人で濡れていると、誰かが近づいてきた。

「アーサー、じゃん」

ボウランが傘を持って近づいてきたアーサーに気付いた。

「ボウランが寮から出て行って帰ってこないから、傘持ってきてあげた」

「サンキュー」

アーサーとボウランは騎士団の寮で生活しているので互いに生活感を把握している。

そして、アーサーはボウランを気にして王都を歩いていたところ、偶フェイとも出くわした。

「フェイ、ワタシの傘の中入れてあげよっか？　濡れたら風邪ひいちゃうよ」

「構わん。俺に気にせず、二人は帰るといい」

「……そっか。ボウラン、帰ろう」

「……おう、アーサー。アタシを一緒の傘に入れてくれ……この傘は置いておくからな！　使えよ！」

「……いらん世話だ」

自分用にアーサーが持ってきた傘を置いて、ボウラン達はフェイの元から去った。

◆

一方、その頃、孤児院で一緒に生活しているマリアから、フェイが心配だから気にかけてくれと頼まれているトゥルーはフェイの様子を遠くから見ていた。ノベルゲー、『円卓英雄記』でアーサーと双璧を成す、メイン主人公であるトゥルー。彼にとってフェイはあまり良い印象ではないが、シスターで他の孤児たちの面倒を見ながら、毎日働いてる、猶且つ自身もお世話になっているマリアの頼みごとをトゥルーは断れなかった。

トゥルーからしたら、フェイはずっと孤児院で嫌な奴だった。十三歳から急に人格が変わった様な行動をするようになってからは怖くもあった。嫌な奴ではなくなって、他人を害する事もなくって、仮入団で一緒に居るうちに少しだけ見直しているが、嫌なイメージは消えない。

雨が降り続いて、暫く経つ。一向に素振りを止める気配がない彼が、何かに気付いたようにボウランが置いていった傘に手をかけた。そして、走り出した。

こっそりと後を追う。

(まさか、前みたいに何か企んでいるんじゃや……)

そう思って、フェイを必死に追いかける。水溜まりを踏みつけ、それによって濡れる靴を気にしないで必死にひたすらに追った。そして、彼が路地裏に入って行くのがトゥルーには見えた。

(どうして、こんな場所に)

路地裏にコッソリ入って、物陰に隠れると既にフェイは別の方向に走っていくのが見えた。しかし、手にはもう、傘がない。どこへ傘をやったのかと気になって探すと……。

「にゃー」

「にゃ、にゃ」

木の箱の上に、傘が開いておいてあった。そして、箱の中には雨で少し濡れている二匹の猫が傘があることでようやく雨宿りできるようになっていた。

（あいつ……）

まるで普段悪い事をしているヤンキーが偶に良い事をするとすごくよく見えてしまうという、心理トリックを使っているかの如く、トゥルーの中で、ちょっとだけフェイの印象が変わりかけた。

◆

「なぁ、アーサー」

「なに」

「強いって何？」

寮の中の食堂で二人は話していた。ボウランは自分よりも剣術、魔術、全てで上をいくアーサーに強さとは何かを問うた。

「さぁ、なんだろうね」

「アタシ、ずっと里で一人で頑張ってたから、自分の事強いって思ってたけど……何が強いって事なのか。よく分からなくなってきた」

「そっか。色々あるのかもね、強さにも」

「そうなの？」

「うん……精神的な強さとか」

「なにそれ？」

「えっと、なんて言えば良いのか分からないけど、フェイみたいに必死に頑張ったり、する感じ？」

「アイツみたいにね……」

「フェイみたいに優しくとか」

「アイツ、優しいのか？」

アーサーが優しいと言ったことに彼女は疑問を呈した。

「多分……コロ助とアサ丸に優しいし」

「コロ助？　アサ丸？　そんな奴居たか？」

「猫さんだよ。王都の路地裏に住んでる」

「へぇ、コロ助、アサ丸……」

「フェイみたいに目つきの悪い黒猫がコロ助、金髪で可愛いのがアサ丸って言うの」

「ふーん」

コロ助、アサ丸、勝手にそんな名前をアーサーは名付けており、定期的に彼女も餌をあげたり、ぬるま湯で毛の処理をしてあげたりしていた。

「変な名前だな」

「……そんなことない。アサ丸とコロ助はワタシが名付けた凄く良い名前」

アーサーのちょっとした威圧感でボウランは口を閉じた。

「はい、わかりました」

未だ、ボウランは強さとは何かを知らない。

◆

あー、雨の日に訓練してたら猫の事を思い出した。しょうがないからこの傘を持っていってあげよう。水に濡れながら訓練するのが良いんだよね。水も滴る良い主人公的な感じだし。

雨に濡れながら訓練する方が、努力系主人公みたいだし。

どうせ使わないから、折角ボウランが置いて行ったし。猫に持って行こう。

あとがき

初めまして、流石ユユシタです。

ＷＥＢから応援をしてくれている方々はいつもお世話になってます。初めて書籍を手に取ってくれた方はありがとうございます
これがデビュー作と言うわけではないのですが、やはり書籍を出すのはすごく緊張します。恐らくですが、永遠にこれに慣れることはないなとは思います
正直に言いますと、あとがきを書くのも全く慣れておらず、何を書いて良いのかはわかりません。

僕自身が中学生だった時にライトノベルのあとがきを読んだことは一度もなかったです。それ故にこう言った所で他の作者さんが何を書いていたのか全く分からないと言うのが、何を書いて良いのか分からない原因だと思います。

ですので、色々と脱線をしながらの話になってしまって申し訳ないです。

しかし、そんなことを言っている間に三分の一くらいはあとがきが書けているので、案外書いてみたら書けるモノだなとか思ったりもしています。

さて、話は変わるのですが本作品はいかがだったでしょうか。

ＷＥＢ小説では僕が描いてきた作品の中でもトップクラスに評価が高い作品が、本作となっ

ています。

ただ、僕よりすごい人は数多居るし、毎月何十冊もライトノベルは出版され、皆様の手に届くと思います。

だからこそ、この作品がそんなラノベの大波をかいくぐって、行けるかどうかはやっぱり不安ですね。

アニメ化とか夢ですし、ベストセラーとかAmazonで言われてリンクが張られてみたいなとか考えながら過ごしております。

しかし、ここまでこれたのもWEBから応援をしてくださっている読者様のおかげですし、きっとWEBから読んでたから書籍になって買ってくださった方は少なくないのではないかというのが私の本音です。

皆様の応援に応えられるように、弱音に負けないように今後も精進しながら沢山面白い小説や物語を描いていけるように頑張りますので、応援これからもよろしくお願いします。

本当に手に取ってくれた方、WEBから応援をしてくれた方々ありがとうございました。

もし、良かったらですけど、知り合いとかに本作品が面白ければ紹介とか、ネットでの口コミとかよろしくお願いします。

あとがきを読んでくれる方は個人的な考えだと少ないので皆さんのような希少な方々の応援が頼りです!!

最後に図々しくなってすいません。では、これにて、またお会いできればと思います。

逢魔生体《アビス》と激突!?
主人公がこんな序盤のイベントで負けるはずがないだろう
自分の事を主人公だと信じてやまない踏み台が、主人公を踏み台だと勘違いして、優勝してしまうお話です
2
著：流石ユユシタ
イラスト：卵の黄身
発売予定！

いざ初任務へ！
人類の天敵・
2023年

TOブックス
コミカライズ
連載最新話が
読める!
月額400円(税込)で
全作品が読み放題!

『このライトノベルがすごい！2023』
（宝島社刊）
単行本・ノベルズ部門
第1位
殿堂入り
詳しくは原作公式HPへ
tobooks.jp/booklove

2013年WEB連載
開始から10年…
2023年
原作シリーズ
完結へ

本好きの下剋上
司書になるためには
手段を選んでいられません

第五部 女神の化身XI&XII

香月美夜 イラスト：椎名 優
miya kazuki　you shiina

春 spring

「第五部 女神の化身XI」
（通巻32巻）

ドラマCD9

冬 winter

「ふぁんぶっく8」
「第五部　女神の化身XII」
（通巻33巻）

ドラマCD10

そして「短編集3」
「ハンネローレの貴族院五年生」
などなど
関連書籍企画 続々進行中！

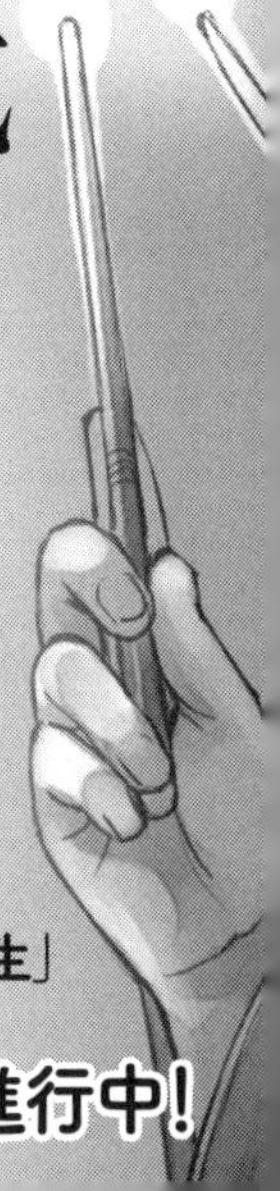

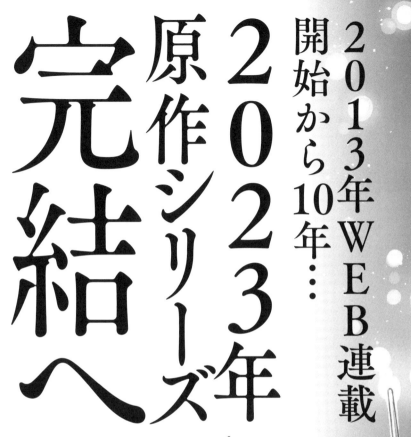

広がる
コミックス 第二部
本のためなら
巫女になる! Ⅷ
漫画:鈴華
好評
発売中!
新刊、続々発売決定!
コミックス 第四部
貴族院の図書館を
救いたい! Ⅴ
漫画:勝木光
好評
発売中!
2023年
2/15
発売!
コミックス 第三部
領地に本を広げよう! Ⅵ
漫画:波野涼

「本好きの下剋上」世界！

Welcome to the world of “Honzuki”

アニメ		コミカライズ		原作小説
第1期 1～14話 好評配信中！ BD&DVD 好評発売中！		第一部 本がないなら 作ればいい！ 漫画：鈴華 ①～⑦巻 好評発売中！		第一部 兵士の娘 Ⅰ～Ⅲ
第2期 15～26話 好評配信中！ BD&DVD 好評発売中！		第二部 本のためなら 巫女になる！ 漫画：鈴華 ①～⑧巻 好評発売中！ 原作「第二部Ⅲ」を連載中！	 コミカライズ	第二部 神殿の 巫女見習い Ⅰ～Ⅳ
©香月美夜・TOブックス／本好きの下剋上製作委員会				
 詳しくはアニメ公式HPへ＞booklove-anime.jp ©香月美夜・TOブックス／本好きの下剋上製作委員会2020		第三部 領地に本を 広げよう！ 漫画：波野涼 ①～⑤巻 好評発売中！ 原作「第三部Ⅱ」を連載中！	 コミカライズ	第三部 領主の養女 Ⅰ～Ⅴ
		第四部 貴族院の図書館を 救いたい！ 漫画：勝木光 ①～⑤巻 好評発売中！ 原作「第四部Ⅱ」を連載中！	 コミカライズ	第四部 貴族院の 自称図書委員 Ⅰ～Ⅸ

原作小説

第五部 女神の化身

Ⅰ～Ⅹ 好評発売中！

著：香月美夜　イラスト：椎名優

貴族院外伝 一年生

短編集Ⅰ～Ⅱ

CORONA EX コロナEX TObooks

本好きのコミカライズ最新話がどこよりも早く読める！

https://to-corona-ex.com/

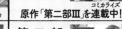

小説
第⑬巻
2023年
4月10日
発売！
シリーズ累計
100万部
突破！
（紙＋電子）
ニメ化決定！
帝国物語
餅月 望——著
Gilse——イラスト
式HPへ！
原作HP
TVアニメHP

Comics
ティアムーン帝国物語
コミックス
第6巻
2023年 春
発売!
漫画：杜乃ミズ
2023年TVア
ティアムーン
断頭台から始まる、
姫の転生逆転ストーリー
詳しくは公

自分の事を主人公だと信じてやまない踏み台が、主人公を踏み台だと勘違いして、優勝してしまうお話です

2023年3月1日　第1刷発行

著　者　流石ユユシタ

発行者　本田武市

発行所　TOブックス
〒150-0002
東京都渋谷区渋谷三丁目1番1号　PMO渋谷Ⅱ　11階
TEL 0120-933-772（営業フリーダイヤル）
FAX 050-3156-0508

印刷・製本　中央精版印刷株式会社

ISBN978-4-86699-766-7